KB056467

청바지를 입은 우리 시대의 장군

태극기를 휘날리다

강이경 글

아이앤북
I & BOOK

이야기를 시작하기 전에 여러분에게 부탁하고 싶은 것이 있습니다. 잘 먹고, 잘 자고, 열심히 운동하라는 것입니다. 곧 건강하게 지내라는 것입니다. 그런 다음 공부도 하고, 놀기도 하고, 책도 읽고, 꿈도 꾸길 바랍니다. 그러고 나서 세상에 자신을 던져보세요. 생각대로 밀고 나가보세요. 서경덕 교수님처럼 말입니다.

서 교수님을 만나기 전날 밤, 부랴부랴 서 교수님에 대해 알아보았습니다. 그리고 깜짝 놀랐습니다.

'이렇게 바쁘게 살 수가! 세상에, 이런 사람이 있다니!'

도무지 믿기지 않았습니다. 불과 2년도 안 되는 사이에 가본 나라가 20개 나라가 넘고, 가본 도시가 50여 곳도 더 되는 데다. 그동안 해온 일이 셀 수 없이 많고, 뚝심은 그야말로 무한도전이었기 때문입니다.

"와!"

할 수 있는 말은 그게 다였습니다.

대한민국 홍보전문가 1호인 사람. 스스로 자기 직업을 창조한 사람. 아무도 하지 않은 일을 한 사람. 〈뉴욕타임스〉에 자비로 독도 광고를 실어 세계를 깜짝 놀라게 한 사람. 뉴욕 타임스스퀘어에 독도, 비빔밥, 막걸리, 아리랑, 한글, 한복, 일본군 위안부(성노예) 등의 광고를 올려 대한민국의 역사와 문화를 알린 사람. 대학교수, 독립기념관 독도학교 초대교장, 문화체육관광부 세종학당재단 이사 등 직함이 12개가 넘는 사람. 마음먹은 건 꼭 하고야 마는 사람. 열정적이고 거침없는 사람. 도대체 서 교수님은 어떤 사람일까 몹시 궁금했습니다.

　공부를 좋아했을까? 늘 모범생이었을까? 맨날 저렇게 밝고 씩씩했을까? 대학생활, 군대생활은 어땠을까? 좌절한 적은 없었을까? 그럴 때는 어떻게 했을까? 어떻게 대한민국을 알리는 일을 하게 되었을까? 대한민국 홍보는 어디까지, 언제까지 이어질까? 궁금하지 않은 게 없었습니다.

　그리고 그 모든 걸 알아내 여러분에게 이야기해주고 싶어졌습니다. 왜냐하면 여러분이 지금 행복하기를 바라고, 어른이 되어서도 행복하기를 바라고, 여러분과 더불어 대한민국의 미래가 행복하기를 바라기 때문입니다.

서 교수님을 처음 보는 순간, 어찌나 젊고 늠름한지 깜짝 놀랐습니다. 꼭 운동선수를 보는 것 같았습니다. 그랬습니다. 건강하다는 느낌! 21세기의 젊은 장군, 청바지를 입은 신세대 장군을 보는 느낌이었습니다.

오랫동안 이야기를 나누어 보니 서 교수님은 신체는 물론 정신도 아주 건강한 분이었습니다. 걱정이나 주눅 같은 건 전혀 없어보였습니다. 매우 긍정적이고 아주 적극적인 사람이었습니다.

몇 번을 만나는 동안에도 얼굴 찌푸리는 것을 한 번도 본 적이 없습니다. 힘들었던 일을 이야기할 때조차 싱글벙글했습니다. 껄껄껄, 하하하 웃기도 잘했습니다. 몸이 건강하고 마음이 건강하니까 이래도 웃고 저래도 웃을 수 있는 게 분명했습니다.

한 가지 고백할 게 있습니다. 서 교수님을 만나는 동안 그 도전

정신과 건강함에 솔직히 질투심을 많이 느꼈습니다. 그러면서 한 편으로는 줄곧 여러분 생각을 했습니다. 여러분도 서 교수님처럼 몸과 마음이 건강하고, 그래서 어떤 것도 두려워하지 않고, 어떤 일에도 주눅 들지 않고, 늘 웃을 수 있고, 하고싶은 일을 하면서 신 나게 살았으면 좋겠다고 생각했습니다.

이제부터 어떻게 하면 재미있고 신 나게 하고싶은 일을 하면서 행복과 보람을 느끼는 사람이 될 수 있을까 진지하게 생각해보기 바랍니다. 나 혼자만이 아니라 세상 사람 모두를 위해 열심히 일하는 사람, 세상에서 가장 행복한 사람이 되기를 바랍니다.

오직 한 번뿐인 인생을, 아니 여러분의 인생에서 가장 소중한 청춘을 어떻게 하면 두려움이 아닌 신 나는 도전과 모험으로 채워갈 것인지 진지하게 생각해보기를 바랍니다.

강이경

차례:

01 재수는 필수,
삼수는 선택

경덕의 고등학교 시절 학생부장 선생님, 교련 선생님, 체육 선생님에게는 동네북이 한 명 있었다.

어느 날, 한 친구가 경덕에게 학생부장 선생님이 부른다고 전했다. 경덕은 또 무슨 일인가 하면서 학생부실로 향했다. 잘못한 게 없으니 미리 기죽지 말자는 생각으로 가슴을 쫙 펴고 걸었다. 학생부실에 들어서자 학생부장 선생님이 앉은 채로 경덕을 올려다보았다. 다 안다는 눈빛이었다.

"감나무엔 왜 올라갔어?"

학생부장 선생님이 다짜고짜 물었다.

순간, 경덕의 머릿속에 불길한 예감이 스쳤다. 학교를 상징하는 감나무에 무슨 일이 생겼고, 자신이 범인으로 지목된 게 틀림없다는 생각이 들었다.

"안 올라갔는데요."

"올라갔잖아! 너 아니면 누가 올라가겠냐? 감나무 부러진 거 어떻게 할 거야? 그 나무, 누가 심은 줄이나 알아? 학교 설립자가 심은 거야."

학생부장 선생님 눈에서 불꽃이 튀었다. 경덕이 다니던 고등학교를 설립한 사람은 계급이 높은 군인이었다.

"엎드려뻗쳐!"

매타작이 시작되었다. 하지만 경덕을 안쓰러워하는 선생님은 없었다. 그만큼 짓궂은 학생이었기 때문이다.

만우절에는 담임선생님을 된통 골탕먹였다. 수업이 시작되기 전

경덕의 고등학교 시절 친구들과 함께

에 반 친구들을 모두 돌려 앉혀놓고, 선생님이 교실 문을 열고 들어올 때 분필가루를 뒤집어쓰게 만들었다. 그날도 경덕은 눈물이 쏙 빠지게 야단을 맞았다. 말인즉슨 고3이 공부는 안 하고 장난이나 쳐서야 되겠냐, 금쪽 같은 시간이 아깝지도 않냐, 반장이란 놈이 아이들을 부추겨서야 되겠냐는 것이었다.

고1 수학여행 때도 경덕은 사고 아닌 사고를 쳤다. 다들 교복을 입고 모였는데, 경덕이네 반만 동네 시장에서 맞춘 똑같은 색깔의 티셔츠를 입어 눈에 확 띄었다.

'꼭 똑같을 필요가 있을까? 똑같으면 재미없잖아.'

이것이 경덕의 생각이었다. 그 덕에 경덕은 반성문을 서른 장이나 써야 했지만 후회하지 않았다. 오히려 친구들과 동지의식까지 느껴져 뿌듯하고 기분이 좋았다.

또한 수학여행에서 친구들과 한밤에 담을 타고 나가 근처 숙소에 묵고 있는 여학생들과 밤새 이야기를 나누고 돌아오다 선생님한테 들켜 얼차려를 받은 일도 즐거운 추억으로 남았다.

경덕이 그저 공부만 할 수 없는 진짜 이유는 따로 있었다. 타고난 기질이 활동적인 탓이었다. 경덕은 가만히 앉아 공부만 하는 것보다 운동장에 나가 축구를 하고, 농구를 하고, 톡톡 튀는 행동을 하기 좋아했다. 샘솟는 힘과 에너지, 넘치는 아이디어를 어찌할 수 없었던 것이다. 어른들 눈에 경덕이 사고뭉치로 보이는 것도 다 그래서였다.

선생님들은 그런 경덕이 공부를 꽤 잘하는 것이 신기할 따름이었다. 담임선생님은 경덕이 더 열심히 공부해서 서울대에 들어가기를 바랐다. 경덕은 자신만만했다. 우리나라에서 최고 명문대학이긴 하지만 경덕이 사는 신림동에 있다 보니 호락호락하게 생각했던 것이다. 경덕은 호기롭게도 느긋하게 아침밥을 먹고 나서 슬슬 걸어서 학교 가는 모습을 상상했다. 대한민국 국민이라면 다 아는 일류대학에 누나 넷이 들어갔으니, 자신도 당연히 그렇게 될 거라고 믿는 구석도 있었다.

고등학교 수학여행 때

학교에서 있었던 일은 거의 어머니 귀에 들어갔고, 그러다 보니 경덕의 어머니는 툭하면 선생님들에게 고개를 조아려야 했다. 하지만 걱정하는 선생님들과는 달리 경덕의 어머니는 사내 녀석이니 그럴 수도 있다고 여기며 넘어가곤 했다.

중학교 3학년 교내 합창대회 때 반장인 경덕은 친구들과 상의해 모두 흰 셔츠에 청바지를 입고, 빨간 넥타이를 매기로 했다. 그리고 경덕은 빨간 셔츠에 흰 넥타이를 매기로 했다. 지휘자는 단원들과 다르게 입어야 한다고 생각한 것이다. 합창대회 전날 밤, 경덕의 어머니는 부랴부랴 자투리 천을 박아 흰 넥타이를 만들어주었다. 아들의 생각이 옳다고 여겼기 때문이다.

그런 어머니도 경덕에게 기함을 한 적이 있었다.

어느 날, 시장에 가던 경덕의 어머니는 독서실에서 공부를 하고 있을 아들이 생각났다. 짠한 마음에 독서실 건물을 올려다보는데 당구장 창문 너머로 큐대를 들고, 담배를 물고 있는 남학생이 보였다. 순간 가슴이 철렁했다. 이내 고개를 저었지만 당장 올라가서 확인해 보고 싶은 마음을 억누를 수는 없었다.

경덕의 어머니는 떨리는 가슴으로 계단을 올라갔다. 당구장에 들어선 어머니 눈에 들어온 학생은 경덕이었다. 어머니는 넋이 나간 채 나지막이 경덕을 불렀다. 그리고 다시 한 번 경덕의 이름을 부르더니 당구장 바닥에 쿵 하고 쓰러졌다. 경덕은 냉큼 달려가 어머니를 부둥켜안고 속으로 무조건 잘못했다고 빌었다. 경덕의 친구들도 죄 지은 아이들처럼 몸 둘 바를 몰랐다. 경덕에게 나쁜 친구가 된 것 같았다.

"잠시 기절하신 거다. 집이 어디냐? 앞장 서라."

당구장 주인아저씨가 경덕의 어머니를 들쳐 업었다. 경덕은 돌덩이처럼 무거운 마음으로 걸음을 재촉했다.

"안방으로 가지 말자. 저쪽 방에 이불을 깔아라."

집에 들어서자 어렴풋이 정신이 든 경덕의 어머니가 말했다. 아버지에게는 비밀로 하자는 말이었다. 경덕은 울컥했다. 아버지가 알게 되면, 그리고 누나들까지 다 알게 되면 한바탕 난리가 날 일이었다. 경덕은 자리를 깔고 어머니를 눕혀 드렸다.

경덕의 어머니는 힘없이 돌아누웠다. 어떻게 얻은 아들이던가. 딸만 줄줄이 넷을 낳고 귀하게 얻은 아들이 아니던가.

'내가 잘못 키운 걸까? 아이 기를 너무 살려줬나?'

이런저런 생각으로 마음이 어지러웠다.

경덕의 어머니는 경덕이 어릴 때부터 학교에서 돌아오자마자 바깥으로 나가 놀게 했다. 하나뿐인 아들을 사회성 좋고 인성 좋은 아이, 스스로 알아서 하는 아이로 키우려고 애썼다. 동네 형들과 학교 친구들과 실컷 뛰어 놀고, 땀 흘려 운동하면서 누구보다 건강하게, 누구보다 사내아이답게 자라길 바랐다. 친구들을 자주 놀러 오게 하고, 자고 가게 하기도 했다. 그래서 늘 큰 밥통에 밥을 한 가득 해놓았다. 관심의 폭도 넓어지게 하려고 애썼다. 그저 공부만 아는 아이로 키우고 싶지 않았다. 그 생각을 하니 입가에 편안한 웃음이 번졌다.

'그래, 경덕이는 내 바람대로 잘 자라고 있는 거야. 밖에서 친구들, 형들과 어울리면서 다른 사내아이들이 하는 행동을 하면서 건강하고 평범하게 잘 자라고 있는 거야. 사내아이잖아. 그리고 말썽을 피우는 건 경덕이가 건강하게 잘 자라고 있다는 증거야. 내가 미리 겁을 먹은 거야. 사내아이라 딸들하고는 다른 것뿐이

경덕의 어린 시절

야. 아이는 부모가 믿는 대로 된다고 하잖아.'

경덕의 어머니는 괜한 걱정은 그만두고 한숨 푹 자고 일어나기로 했다.

경덕은 무릎을 꿇고 앉아 어머니가 깨기만을 기다렸다. 혼을 내기는커녕 식구들이 알까봐 다른 방에 누운 어머니를 생각할수록 더욱 죄송한 마음이 들었다. 하지만 그것도 잠시, 오랫동안 앉아있다 보니 긴장이 풀어지면서 다리가 저리고, 졸음이 몰려왔다.

잠깐 졸았나 싶었는데 눈을 떠 보니 아침이었다. 어머니는 없고, 한쪽에는 밥상이 차려져 있었다. 떨리는 손으로 숟가락을 드는데 눈물이 뚝 떨어졌다.

중학교 때 동네 형들을 따라 처음 독서실에 갔던 때가 떠올랐다. 다들 책상에 고개를 처박은 채 머리에서 김이 나도록 공부를 하고 있었다. 독서실 공기가 후끈후끈했다. 그때 경덕은 고등학교에 올라가면 형들처럼 열심히 공부하겠다고 다짐했었다. 그렇게 열심히 공부했는데도 대학에 떨어지는 형이 있지 않았던가.

정신이 번쩍 들었다. 그러나 정신이 들기가 무섭게 겨울이 오고, 학력고사를 치렀다. 결과는 씁쓸했다. 동네에 있는 서울대에 가기에는 시험 점수가 낮았다. 경덕은 자신이 자만했다는 것을 깨달았다.

가족과 상의를 한 끝에 차선책으로 고려대학교에 지원했다. 하지만 결과는 또 낙방. 아무리 눈을 씻고 봐도 합격자 명단에 자신의 이름이 없었다. 경덕은 방에 틀어박힌 채, 이제 어떻게 할 것인가를 생각했다. 무척 괴로웠다. 아니, 외로웠다. 세상에 덩렁 혼자 남겨진 것 같았다.

하지만 그건 경덕의 생각일 뿐이었다. 규석이 형, 병천이 형, 동곤이 형, 상혁이 형, 정훈이 형, 호균이 형……. 어릴 때부터 쭉 같이 자라서 친형이나 다름없는 동네 형들이 있었다.

"경덕아, 재수는 필수, 삼수는 선택이야. 인생을 알려면 재수도 해봐야 하는 거야. 나처럼 말이지."

경덕의 소식을 들은 형들이 집에 찾아와 위로의 말을 건넸다. 대학생활 하느라 미처 챙겨주지 못했다면서 진심으로 미안해했다. 경덕은 얼굴을 들 수가 없었다. 미안해해야 할 사람은 바로 자신이기 때문이다.

"그래, 잘 생각했다. 한 해만 더 해봐. 나처럼 성적이 더 잘 나올지도 몰라. 안 그래? 참, 우리 경덕이랑 여행 한번 다녀오자, 경덕이 학원 등록하기 전에."

경덕이 한 해 더 공부하겠다고 하자 재수를 했던 형이 경덕의 어깨를 토닥이며 말했다. 경덕은 금세 마음이 든든해졌다. 자신을 지지해주고, 응원해주는 형들이 있어 재수생활도 괜찮을 것 같았다. 게다가 누나들도 한 해 더 해보라지 않았는가.

시험을 못 봤다고 해서, 원하는 대학에 못 갔다고 해서 세상이
무너지는 게 아니었다. 경덕은 이제 가족과 친한 형들의 격려 속에
서 눈 꼭 감고 공부만 하기로 했다. 그렇게 일 년만 지내고 나면 신
나는 대학생활을 할 수 있을 거라고 믿었다. 한 번에 안 되면 두 번
에 하면 될 터였다. 일단 형들과 여행을 갔다 오면 마음도 정리될
테고, 다시 시작할 수도 있을 거라고 믿었다.

여행을 다녀오자마자 경덕은 학원에 등록했다. 이제는 고등학생
도 대학생도 아니었다. 학생이지만 학생증이 없는 학생, 재수생이
었다. 낙천적인 경덕도 가끔씩 우울해지는 건 어쩔 수 없었다. 하

재수시절 동네 형들과 함께 여행지에서

지만 경덕은 곧 재미난 일을 찾아냈다. 다른 학교 출신들은 동문회를 만들어 서로 어울리고 있는데, 경덕이네 학교 출신만 모이지 않고 있었던 것이다. 경덕은 당장 학원 게시판에 공고를 붙이고, 이 강의실 저 강의실을 찾아다니며 같은 고등학교 출신들을 모아 동문회를 만들었다. 다 모이니 서른 명쯤 되었다.

"만나서 반갑습니다! 우리 마음 우리가 알지 누가 알아주겠습니까? 흩어지면 혼자이지만 뭉치면 혼자가 아닙니다. 서로 위로하고 격려하면서 열심히 해봅시다!"

경덕이 동문들을 모아놓고 다짐 같은 인사말을 건넸다. 늘 뭔가를 궁리하고, 친구들을 이끌던 그 기질이 어디 가지 않은 것이다. 여기저기서 박수와 휘파람이 터져나왔다.

경덕은 재수생활도 그리 나쁘지만은 않다고 생각했다. 사람들 말처럼 인생이 더 깊어진 기분, 더 큰 깨달음을 얻는 것 같았다.

경덕과 동문회 회원들은 짧은 시간이지만 날마다 함께 어울렸다. 밤늦게 학원이 끝나면 다들 배가 몹시 고팠다. 허전한 기분이 들어서 더 배가 고픈 것 같았다. 누군가 뭘 먹자고 제안하면 금강산도 식후경이라는 둥, 공부가 인생의 전부는 아니라는 둥, 다 먹고 살자고 하는 짓이라는 둥 하며 우르르 몰려가서는 간혹 술도 마시며 떠들었다. 하지만 아무리 호기를 부리며 태연한 척해도 가슴한 구석에 웅크리고 있는 열등감과 패배의식은 어찌할 도리가 없었다. 대학에 다니는 친구들을 생각하면 마음이 착잡해지고, 패배자가 된 것 같았기 때문이다.

그러다가 집에 들어갈 때가 되면 술 냄새, 고기 냄새를 없애려고 양치질 하랴, 초콜릿 먹으랴 야단법석을 떨었다. 그러고는 들키지 않은 게 다 자기들이 잘 감춘 덕분이라고 생각했지, 부모님이 알아도 모른 체한다는 건 몰랐다. 경덕의 부모님도 모른 체하고 넘어가 주었다. 가장 힘든 사람은 당사자라는 걸 잘 알고 있었기 때문이다.

하지만 얼마 후 경덕과 친구들은 스스로 정신을 차렸다. 학원에서 치른 모의고사 성적이 턱없이 낮게 나왔던 것이다. 경덕과 친구들은 바짝 긴장하고 공부에 매진했다. 그렇게 가슴의 열을 식히며 공부하는 동안 노량진 한복판 학원 창밖으로 나른한 봄과 무더운 여름이 지나가고, 노란 가을이 오는가 싶더니 금세 겨울이 찾아와 심장을 꽁꽁 얼려 놓았다.

드디어 결전의 그날, 경덕은 전장에 나가는 마음으로 수능시험장으로 들어갔다. 그리고 얼마 후, 떨리는 마음으로 서울대 합격자 게시판 앞에서 가슴을 졸이며 자기 이름을 찾아보았다. 한 번 보고, 혹시 잘못 봤나 하고 한 번 더 보고, 한 번을 더 보았다. 하늘이 노랬다. 이번에도 자신의 이름이 없었다.

'아, 친구들은 다 SKY에 들어갔는데…….'

왠지 분하고 억울했다. 이번에는 합격할 줄 알았는데 어떻게 된 일인지 알 수가 없었다. 눈을 질끈 감았다. 아버지 얼굴이 가장 먼저 떠올랐다.

진주 만석꾼 집안의 아들로 태어났지만 가세가 기우는 바람에 고학을 했고, 어려운 집안 형편 때문에 서울대를 포기하고, 부산대에 입학해 선생님이 된 아버지. 그 옛날 추운 겨울날, 당신의 어머니가 시험에 떨어지라고 뿌려대는 왕소금을 맞으며 대학시험을 보러 대문을 나섰던 아버지. 셋째가 태어나자 가족의 생계를 위해 교사직을 그만두고 서울로 올라와 사업을 시작하다 신림동으로 이사해 서울대학교가 들어온다는 말에 40년을 눌러 산 아버지. 경덕은 그런 아버지를 생각할수록 쥐구멍에라도 들어가 숨고 싶은 심정이었다.

아버지뿐만 아니라 어머니와 누나들, 매형들 볼 면목도 없었다. 식구들 모두가 자신에게 배신감을 느낄 것만 같았다.

'뻔뻔스럽게 어떻게 집으로 돌아간단 말인가. 재수까지 했는데, 뭐라고 변명을 한단 말인가…….'

합격자 게시판을 등지고 돌아서는 경덕의 눈에 눈물이 핑 돌았다. 무거운 발걸음으로 교정을 나섰다. 하지만 어디로 가야 할지 막막했다. 그 어디에도 자기 자리는 없는 것 같았다. 차마 곧장 집으로 갈 용기가 나지 않아 길을 헤매고 다니다 밤이 늦어서야 집으로 갔다. 그러고는 슬며시 자기 방으로 들어갔다.

경덕은 방바닥에 엎드려 한참을 생각하고 또 생각했다. 하지만 아무 생각도 나지 않았다. 그저 멍하고, 눈앞이 캄캄했다. 사방이 벽으로 가로막힌 것 같았다. 그러다 문득 대학 브랜드에 대해 의문이 들었다. 스스로 숨구멍을 찾으려고 애쓴 덕분인지도 몰랐다.

'브랜드란 게 무엇인가? 소위 좀 잘 나간다, 뭐 그런 거 아닌가? 하지만 꼭 브랜드가 좋아야만 잘 나가는 걸까? 잘 나간다는 건 무슨 뜻일까? 무엇이 잘 나가는 걸까? SKY에 들어갔다는 게 아니라 어디에 들어가든 자기가 하고 싶은 걸 하는 게 진짜로 잘 나가는 거 아닐까?'

이때처럼 깊이 생각을 해본 적이 없었다. 생각하고, 생각하고, 또 생각한 결과, 일단 지금은 브랜드를 따질 때가 아니라는 결론에 이르렀다.

'그래, 길은 한 가지만 있는 게 아니야. 큰길도 있고, 작은 길도 있고, 골목도 있고, 오솔길도 있어. 어디로 가든 정상에만 올라가면 되는 거 아니겠어?'

참으로 경덕다운 결론이었다. 긍정적이고 당연한 결론이었다.

'브랜드만 따지다가는 출발만 늦어지고, 사회생활도, 군대생활도 다른 친구들보다 몇 년씩이나 뒤처질 거야.'

경덕은 자신이 내린 결론이 백 번 옳다고 믿고 스스로를 격려했다.

특히나 삼수를 할 경우 무엇보다 힘든 것은 계속 고등학교 교과서만 봐야 한다는 사실이었다.

'이 무슨 시간 낭비란 말인가. 외우는 것만이 능사인가? 교과서를 통째로 외우고, 문제를 잘 푸는 것만이 인간의 능력을 재는 척도란 말인가.'

따져볼수록 정말이지 말도 안 되는 일이었다. 미술에 재능이 있는 아이, 음악에 재능이 있는 아이, 운동에 재능이 있는 아이가 있듯이 공부에도 재능이 있는 아이가 있을 것이다.

'에디슨, 슈바이처, 이순신, 유관순, 테레사 수녀가 모두 명문대를 나온 것은 아니잖아. 다 자기가 잘하는 게 있다니까. 잘하는 과목이 있으면 그 과목으로 유명한 대학에 입학하는 게 맞는 거야.'

하지만 아무리 그래 봐야 면목이 없었다. 공부는 안 하고, 자기 변명만 늘어놓는 것 같았다.

그렇게 헤매고 있을 때, 어머니가 부르는 소리가 들렸다. 경덕은 고개를 푹 숙인 채 안방으로 건너가 어머니, 아버지 앞에 무릎을 꿇었다.

순간 고요해졌다. 아무도 숨을 쉬지 않는 것 같았다.

"떨어진 거냐?"

아버지가 물었다.

"네."

경덕이 기어들어가는 소리로 간신히 대답했다.

"그래서 삼수를 하겠다는 거냐?"

"네."

경덕의 목소리가 떨렸다. 가족에게 미안해서 그렇게 대답할 수밖에 없었다.

긴 침묵이 흘렀다. 얼마나 지났을까, 어머니가 조심스레 말을 꺼냈다.

"그러지 말고 성대 조경학과에 들어가면 어떨까 하는데……."

경덕은 어리둥절했다. 성대 조경학과라면 작년 후기에 지원해 붙은 곳이었다. 그곳은 포기하고 재수를 했는데, 이제 와서 무슨 말인가 싶었다.

"혹시 몰라서 등록해 뒀다. 너 모르게."

어머니가 경덕의 안색을 살피며 말했다.

조경은 넓은 의미의 공간 디자인으로, 건축과 밀접한 관계가 있는 분야이다. 예를 들어 서울대공원을 짓는다고 하면 어떤 용도의 건물을 어떤 양식으로 배치할 것이고, 무슨 나무들을 얼마나 심을 것이고, 사람들의 동선은 어떻게 만들 것인지 결정하는 것이 조경이다.

그림을 잘 그려서 초등학교 때 인도에서 개최하는 어린이 미술 대회에 입상도 하고, 각종 포스터대회에서 상도 여러 번 받고, 손재주가 많아 블록조립과 키트조립, 모형비행기 만들기를 좋아했던 경덕에게 조경학은 흥미도 있고, 관심도 많은 학과였다. 무엇보다 그때 경덕이 망설임 없이 조경학과를 선택한 것은 당시 인기리에 방영되던 주말 드라마에 나오는 남자 주인공의 직업이 조경가였기 때문이다.

　경덕은 깊이 생각하는 척했다. 속으로는 '역시 엄마밖에 없다니까!' 하며 쾌재를 불렀다. 속이 뻥 뚫리는 기분이었다. 하지만 속내를 감춘 채, 어머니 뜻이 정 그러시다면 어쩔 수 없다는 듯이 고개를 끄덕였다.

　하지만 아버지께는 그럴 수가 없었다. 경덕은 아버지에게 다시 한 번 머리를 조아려 죄송한 마음을 전했다.

　"아니다. 대학이 전부가 아니다. 정말 중요한 건 네가 뭔가를 깊이 배우고, 깨닫는 것이다. 그리고 그걸 너 혼자 갖는

경덕과 아버지

게 아니고 다른 사람과 나누는 것이다. 열심히 해라. 그게 뭔지는 몰라도. 알았지?"

경덕은 아버지의 말에 눈물이 핑 돌았다. 자신을 믿어주는 아버지, 어머니께 진심으로 감사했다.

아버지께 격려까지 듣고 나니 굳게 닫혀 있던 철문이 마침내 활짝 열린 듯한 기분이었다. 한 걸음 성큼 내딛기만 하면 되었다. 이제 경덕이 달려갈 곳은 갑갑한 학원 강의실이 아니라 가슴 떨리는 대학 캠퍼스였다.

'다녀 보고 나서 정 아니다 싶으면 군대 다녀와서 한 번 더 도전하자.'

모든 걸 긍정적으로 생각하기로 했다. 그러자 마음이 편안해지면서 꽁꽁 얼었던 강물이 녹듯 잔뜩 움츠러들었던 마음이 스르르 풀어졌다. 그리고 정말이지 멋지게 생활하기로, SKY에 다니는 친구들이 못하는 걸 하면서 신 나게 대학생활을 즐겨 보자고 마음먹었다. 경덕은 자기도 모르게 웃음이 나오면서 입이 다물어지지 않았다.

경덕은 대학 가면 할 일들을 속으로 읊어보았다. 떳떳하게 호프집에도 가고, 신 나는 동아리도 만들고, 넓은 대학 도서관에서 책도 읽고, 재미있는 교양 과목도 많이 듣고, 전공과목 리포트도 멋지게 써서 제출하고, 아름드리 고목 아래 둘러앉아 열띤 토론도 벌이고, 땀을 뻘뻘 흘리면서 농구도 하고, 축구도 하고, 족구도 하고……. 몸이 열 개라도 모자랄 것 같았다. 하지만 뭐니 뭐니 해도 대학생활의 꽃은 여학생들과의 미팅일 터. 경덕은 벌써부터 가슴이 두근거렸다.

02 재미있고 신 나게, 이왕이면 큰일을 하자

꿈이 크면 실망도 크다고, 그 누가 말했던가!

막상 대학에 들어와 보니 현실은 낭만과는 거리가 멀었다. 대학이란 곳이 특별하고 신 나는 경험을 할 수 있는 곳, 낭만을 만끽할 수 있는 곳 같지가 않았다. 다들 도서관에 틀어박혀 있거나 학원에 다니면서 취업 준비에 바빴다. 팔팔한 젊은이들이 모인 곳인데도 분위기가 썰렁했다. 싱싱함과 생동감, 심장이 펄떡펄떡 뛰는 듯한 활력 따윈 눈을 씻고 봐도 없었다. 도서관 형광등만큼이나 창백한 얼굴들뿐. 경덕은 몹시 실망했다.

'아, 정말 이게 다일까? 젊은 시절을 고스란히 도서관에 틀어박혀 공부만 해야 하는 걸까? 이게 진정 대학생활이란 말인가? 모두가 대기업에 취직을 하고, 고시에 합격해야 하는 걸까?'

경덕은 고개를 저었다. 대학생활을 재미없게 보내는 것은 도저히 있을 수 없는 일이었다.

경덕은 궁리 끝에 재미난 일을 만들기로 마음먹었다. 학창시절 때 사회를 본 것도, 지휘를 한 것도, 담장을 넘은 것도 누가 시켜서가 아닌 자기 스스로 한 일이었듯이 대학에서도 스스로 재미를 찾기로 한 것이다.

'어떻게 하면 신 나게 살 수 있을까?'

'어떻게 하면 젊은이답게 살 수 있을까?'

'어떻게 하면 공부도 하고, 사회에도 기여할 수 있을까?'

경덕은 진지하게 고민했다. 세월이 훌쩍 흐른 뒤에야 '아, 그때 이것도 해보고, 저것도 해봤더라면!' 하고 두고두고 후회하긴 싫었다.

일을 벌이는 것, 즉 일을 기획하고, 행동으로 옮기는 것, 그것이 경덕이 어릴 때부터 해온 일이고, 가장 잘하는 일이었다. 한 가지 달라진 점이 있다면 어릴 때는 재미있는 일을 많이 벌였지만, 이제는 중요하고 뜻 깊은 일, 대학생다운 일, 사회에 이익이 되는 일을 벌여야 한다는 것이었다. 그러려면 일단은 대학이란 울타리, 학생이란 틀을 뛰어넘는 일을 해야 할 터였다. 다시 말해 남들이 만들어 놓은 신분과 장소에 갇혀 있지 말고 대학과 사회를 연계해 활동함으로써 행동 영역을 넓히는 것이었다. 그렇게 하면 바깥에서 얻는 지식과 경험은 엄청난 보약이 되어줄 게 분명했다.

입학 초기의 설렘과 실망이 채 가시기도 전에 어느덧 한 학기가 끝나가고 있었다. 경덕은 당장 이 대학, 저 대학에 다니는 동네 친구들과 후배들을 불러 모아 자기 생각을 이야기했다. 모두들 대환영이었다. 다들 경덕처럼 마음이 헛헛했던 것이다. 경덕의 제안은 모두의 가슴에 달게 스며들었다.

"여러분, 이것으로 대학연합동아리가 탄생했음을 알리는 바입니다. 동아리 이름은 '생존경쟁'입니다!"

경덕은 즉시 생존경쟁의 창립을 선포했다. 회원들은 얼떨결에 박수를 치면서도 고개를 갸웃거렸다. 생존경쟁이라는 동아리 이름이 살벌하다는 둥, 유치하다는 둥 말들이 많았다.

경덕이 볼 때 산다는 건 다 경쟁이었다. 대학 입시도 경쟁, 사회에 나가서도 경쟁, 먹고 사는 것도 경쟁, 국가 간에도 경쟁, 글로벌 경쟁……. 모두 다 눈에 보이지 않는 경쟁이었다.

하지만 경덕은 보이지 않는 누군가를 이기려는 경쟁이 아니라, 동아리 회원들이 옳다고 생각하는 방향으로 함께 치열하게 노력해 나아가는 과정이 더 중요하다고 여겼다. 그래서 동아리의 영문 이름도 'Struggle for Existence'으로 지었다. '경쟁'을 'Competition'이 아니라 고군분투에 가까운 노력, 즉 'Struggle'이라고 지은 것이다.

"뭐가 어쨌든 동아리도 경쟁력을 갖춰야 하는 건 맞으니까."

누군가 한 마디 던졌다. 경덕은 고개를 끄덕였다. 맞는 말이었다. 살아남으려면 경쟁력을 갖춰야 했다. 경쟁력이 없으면 도태될 게 뻔했다. 개인이나 국가나 마찬가지였다. 이왕이면 큰일을 하고, 큰일을 하다 보면 동아리 힘도 세질 터였다. 다시 말해 경쟁력이 높아지는 것이다.

분명 대학 문화나 나라를 위해 대학생들이 할 일이 많을 것이다. 그러므로 대학생다운 생각을 하고, 대학생다운 행동을 해야 한다고 믿었다. 더불어 그 일도 규모가 좀 큰일이어야만 했다. 경덕은 회원들에게 무슨 일을 하면 좋을지 각자 고민해 보고, 다 같이 모여서 머리를 맞대자고 이야기했다. 경덕과 회원들은 얼굴이 상기되어 목청껏 파이팅을 외치며 서로를 격려했다. 1994년 7월, 대학 연합동아리 생존경쟁이 서울대, 성균관대, 이화여대, 동덕여대, 경원대에 다니는 대학생 열다섯 명으로 출발하던 순간이었다.

생존경쟁은 다짐한대로 처음부터 야심찬 프로젝트에 도전했다. '서울시 정도 6백 년 사업'에 참여하기로 한 것이다. 1994년은 태조 이성계가 한양으로 천도한 지 6백 년이 되는 해로, 서울시가 이를 기념하는 의미로 타임캡슐을 제작해 서울시 정도 천 년이 되는 해인 2394년에 타임캡슐을 개봉한다고 했다. 정말 멋진 일이었다.

경덕과 생존경쟁 회원들은 현시대를 대표할 수 있는 게 무엇일까 곰곰이 생각했다. 남들과는 좀 다르게 생각해보기로 했다. 다들 지금 시대를 대표하는 문화나 물건 같은 것을 생각할 터였다. 열띤 토론 끝에 정도 천 년 되는 해에는 사람들이 어떤 모습으로 살고 있을지를 예측해보자는 아이디어가 나왔다. 회원들은 눈빛을 빛냈다. 경덕은 무릎을 탁 쳤다. 바로 그거였다. 4백 년 후의 세계는 미래 공상과학 영화처럼 엄청나게 변해 있을지도 모를 터였다. 생각할수록 경덕은 미래가 점점 더 궁금해졌다. 미래를 예측한 걸 보고 후손들은 어떤 생각을 할지도 궁금했다.

문제는 이 프로젝트를 위해 모일 장소였다. 동아리 이름이 생존경쟁이어서인지 동아리의 생존부터가 쉬운 문제가 아니었다. 하루 이틀에 끝나는 프로젝트도 아닌 데다 대학이벤트연합동아리여서 학교의 지원은 고사하고 동아리방 한 칸 없었다. 무슨 돈으로 프로젝트를 진행할 것인지, 이야기할 공간은 어떻게 구할 것인지 경덕과 회원들은 막막하기만 했다. 저마다 걱정을 쏟아낸 끝에 각자 아르바이트를 하고, 기회가 되면 그룹 아르바이트도 하기로 했다. 그리고 미리 겁먹지 말고, 우선은 돈이 적게 드는 곳에서 모이기로 했다. 그러다 보니 만나는 장소도 그때그때 상황에 따라 달라질 터였다.

처음엔 주로 카페에서 만났다. 그런데 달랑 커피나 주스 한 잔을 시켜 놓고 이야기를 하다 보면 금세 서너 시간이 지나가기 일쑤여

동아리 '생존경쟁'의 활동 모습

서 결국 보라매공원이나 서울대 캠퍼스 잔디밭으로 장소를 옮겨야
했다.

공원에 앉아 밤늦도록 회의를 하다 보면 모기들이 신 나게 달려
들었다. 그래서 다들 약속이나 한 듯이 긴팔, 긴바지를 입고 나와
땀을 뻘뻘 흘려가며 회의를 이어 갔고, 땀 냄새를 맡은 모기들은
더욱 신이 나서 회원들을 괴롭혔다.

경덕은 모기에도 안 물리고, 오랜 시간 마음놓고 이야기할 수 있
는 공간을 구하기로 마음먹고 궁리 끝에 신림동 뒷골목에 있는 여
관방을 빌리기로 했다. 경덕과 생존경쟁 회원들은 생각만 해도 신
이 났다. 방을 얻으면서까지 무언가 큰일을 도모한다는 기분에 우
쭐했던 것이다. 마치 비밀 아지트를 구한 독립 운동가라도 된 것
같은 기분이었다. 생존경쟁 회원들은 한여름 밤의 모기로부터의

독립을 위해 우르르 여관으로 몰려갔다. 학생들이 들이닥치자 여관 주인아저씨는 무슨 일인가 하고 눈이 휘둥그레졌다.

경덕이 차분하게 자신들의 상황을 설명하며 주인아저씨를 설득하기 시작했다. 모기 밥이 될 지경이라는 말도 잊지 않았다. 적극적인 친구들은 팔을 걷어붙이고 바지를 걷어올리며 모기에 물린 자국을 보여주었다. 여관 주인아저씨는 생존경쟁 회원들 얼굴을 하나하나 살펴보며 곰곰이 생각하더니 입을 열었다.

"흠, 그런 일을 한다, 이거지? 방 하나 내줄 테니 열심히 해봐. 그 대신 너무 시끄럽게 떠들면 안 돼."

주인아저씨는 비록 말은 무뚝뚝하게 했지만, 속으로는 자식 같은 대학생들이 좋은 일을 한다니 기특하기 짝이 없었다.

"고맙습니다! 아저씨 덕분에 모기 밥 신세 면했어요. 이번 프로젝트에 꼭 성공해서 은혜에 보답하겠습니다. 그리고 방은 깨끗하게 쓸게요. 조용, 조용히 이야기하고요."

경덕은 주인아저씨에게 진심으로 감사의 인사를 건넸다.

"소곤소곤 말하면 무슨 회의가 되겠어? 너무 크게 떠들지만 않으면 된다니까."

경덕과 생존경쟁 회원들은 주인아저씨의 너털웃음을 뒤로 하고, 기쁜 마음으로 여관을 나섰다. 그러고는 우르르 포장마차로 몰려갔다.

포장마차 할머니는 늘 그랬듯이 반갑게 맞아주었다. 경덕과 생존경쟁 회원들은 떡볶이, 순대, 어묵, 튀김 등을 허겁지겁 먹었다. 이번에도 내 돈보다 더 많이 먹을 게 뻔했다. 먹다 보면 늘 그랬기 때문이다. 어떨 때는 내 돈의 두 배 이상을 먹기도 했다. 하지만 포장마차 할머니는 웃음을 지으며 돈 생각 말고 많이 먹으라고, 돌도 씹어 먹을 나이 아니냐면서 넉넉하게 퍼주었다. 생존경쟁 회원들은 열렬한 의지와 더불어 마음씨 좋은 어른들 덕분에 모기에 물리지도, 굶지도 않으면서 프로젝트를 진행해나갔다.

얼마 후, 경덕은 기획서를 들고 서울시 정도 6백 년 사업 담당 공무원을 찾아갔다. 담당 공무원은 동아리 이름을 보더니 경덕을 흘끗 쳐다보았다.

"뭐 하는 동아리야? 혹시 이념 동아리 아니야? 데모하는 동아리 말이야."

담당 공무원이 인상을 찌푸리며 물었다.

경덕은 생존경쟁의 창립 의도와 목적을 자세히 설명한 후, 생존경쟁이 서울시 정도 6백 년 기념사업의 하나인 타임캡슐에 대학생들의 상상력과 미래관을 담고 싶다고 이야기했다. 더불어 전국 대학생들에게 4백 년 후의 미래에 대해 묻는 설문지를 돌린 후 그 가운데 23,940장을 선별해 갖고 오겠다고 이야기했다.

"하필이면 왜 23,940장이지?"

"서울시 정도 천 년이 되는 해인 2394년에 곱하기 10을 한 숫자입니다."

경덕이 차분히 설명했다.

"일단 해보게. 그러고 나서 이야기하지. 이대로만 해오면 채택해주겠네."

담당 공무원은 이제 그만 귀찮게 하고 어서 가라는 투로 말했다. 경덕은 속으로 환호성을 지르며 성큼성큼 걸어나왔다. 그때 한 직원이 "흠, 기자들이 알면 군침 좀 흘리겠는걸." 하고 혼잣말을 했다. 경덕은 그 말을 듣는 순간 기필코 기획서대로 해내고 말겠다고, 그래서 타임캡슐에 생존경쟁의 이름이 들어가게 하고, 후손들에게 생존경쟁의 존재를 꼭 알리겠다고 다짐했다. 그러고는 곧장 청사 내 기자 대기실로 가서 각 언론사 보도자료 칸에 준비한 자료를 한 부씩 넣고 돌아섰다. 가슴이 쿵쾅거리면서 왠지 좋은 예감이 들었다. 그리고 다음 날 아침, 그 예감은 상상을 초월했다.

경덕의 식구들은 전화벨 소리에 일찍 잠에서 깼다. 이제 시작일 뿐이었다. 첫 벨소리를 시작으로 연이어 전화가 걸려 왔다. 전화통에 불난다는 말이 무슨 말인지 알 것 같았다. 일간지와 스포츠 신문에 기사가 난 것을 보고 다른 신문사에서도 좀더 자세히 알고 싶다며 전화를 해온 것이다. 아이디어가 참 좋아서 기사를 내고 싶으니 자세히 이야기해 달라는 내용이었다.

경덕은 얼른 마당으로 달려나가 신문을 가져왔다. 신문을 펼치자 생존경쟁에 대한 기사가 실려 있었다. 대학이벤트연합동아리 생존경쟁이 서울시 정도 6백 년 사업에 참여하여 10월 1일까지 전국의 대학생을 상대로 서울 시민들의 의식주에 관련된 생활양식 변화 상상도를 공모한다는 내용이었다. 경덕은 속으로 환호성을 질렀다. 회원들끼리도 서로 전화를 하느라 바빴다. 모두 기뻐서 난리였다. 대학에 들어와 처음 기획한 프로젝트가 이토록 큰 관심을 받을 줄은 꿈에도 몰랐던 것이다. 가슴이 뭉클했다. 고생한 보람이 있었던 것이다. 경덕과 생존경쟁 회원들은 이제부터가 진짜라며 서로를 격려하고 마음을 다잡았다.

이것을 시작으로 생존경쟁 회원들은 기획서대로 전국 60여 개 대학 학과사무실에 협조를 요청하고, 발이 부르트도록 뛰어다니며 설문지를 돌렸다. 4백 년 뒤의 의학 기술은 의대생들에게, 건축은 건축학과 학생들에게, 의복은 의류학과와 의상학과 학생들에게 물었다. 학생들은 자신의 미래 예측이 맞기를 바라며 대답과 함께 스케치를 보내 왔다. 자신의 이름이 타임캡슐 안에 들어가기를 바라는 마음과 4백 년 후에 자손들이 읽을 거라는 생각에 공을 들인 흔적이 역력했다.

경덕과 생존경쟁 회원들은 또래 대학생들의 생각이 궁금해서 설문지가 오는 대로 흥미롭게 읽었다. '4백 년 후에 대학생이 가장 많이 하고 있을 아르바이트는 무엇일까'라는 질문에는 서빙이라는 대답이 가장 많았고, 미래의 수도를 묻는 질문에는 평양이라는 대답이 가장 많았다. 평양이 미래의 수도가 될 것이라는 말에는 통일을 바라는 염원이 고스란히 담겨 있었다. 타임캡슐에 꼭 넣고 싶은 물건 1위는 삐삐였다. 이번 일을 계기로 경덕과 생존경쟁 회원들은 전국의 대학생들과 자신들의 생각이 거의 비슷하다는 것을 알게 되었고, 동시대를 살아가는 젊은이로서의 동질성도 느낄 수 있었다.

몇 주 후 경덕과 생존경쟁 회원들은 설문지 23,940장에 대한 통계와 분석을 마친 후 담당 공무원을 찾아갔다. 담당 공무원은 입이 마르도록 칭찬을 했다. 그러면서 솔직히 이렇게까지 잘해 올 줄은 몰랐다고 말했다. 경덕과 생존경쟁 회원들은 칭찬도 듣고, 자신들의 기획이 결실을 맺어 타임캡슐에 담긴다는 생각에 가슴이 벅찼다. 그리고 그런 큰일을 해낸 스스로가 몹시 자랑스러웠다. 앞으로는 무슨 일이든 다 해낼 수 있을 것 같았다. 처음에 생존경쟁이라는 동아리의 정체성을 의심하고 무시했던 일이 생각났지만 이제는 다 지난 일이고, 기분 나빠할 이유도 없었다.

자고 일어나니 스타가 돼 있더라고 하더니, 그 말이 꼭 맞았다. 그날 이후로도 경덕의 집으로 전화가 쇄도했다. 덕분에 경덕은 집 전화에 자동응답기까지 달아야 했다. 여러 기업체에서는 함께 일

'서울시 정도 6백 년 사업'에 참여한
생존경쟁 신문기사

해 보자는 제안을 해왔다. 후원도 해주고, 회의할 공간도 내줄 테니 하고 싶은 게 있으면 다 해보라고 하는 기업도 있었고, 창업 제의도 적지 않게 들어왔다. 하지만 경덕은 전적인 후원을 받거나 일찍부터 창업을 해서 돈을 벌고 싶은 마음은 없었다. 대학생들이 이끌어가는 동아리인만큼 좀더 대학생다운 철학을 갖고 좀더 대학생다운 일을 해야 한다고 생각했다. 밤늦게 잔디밭에서 모기에 물리던 날, 커피 한 잔 시켜 놓고 카페 주인 눈치를 보던 일, 허름한 여관방에서 맨날 짜장면만 시켜 먹던 일, 포장마차 할머니에게 폐를 끼친 일이 눈앞에 떠올랐지만 조금도 부끄럽지 않았다. 부끄럽기는커녕 오히려 가장 대학생다운 일이라고 생각했다.

그러자 주변에서 편하게 가자거나 편하면 능률도 더 오를 거라거나 지금 방식대로 가다 보면 너무 힘들어서 오래 못 버틸 거라는 말이 나오기 시작했다. 워낙 쪼들리다 보니 먹는 것도 부실하고,

공부하랴 아르바이트하랴 몸이 두 개라도 모자랄 판이었기 때문이
다.

하지만 경덕과 생존경쟁 회원들은 초심을 잃지 않았다. 청춘이
란 원래 가난한 시기이며, 뭘 하든 그것이 돈하고는 상관없는 때여
야 하고, 무슨 목표를 세우든 그 의도와 목표가 순수해야 하며, 때
묻지 말아야 한다고 믿었기 때문이다. 경덕과 생존경쟁 회원들은
아무리 힘들어도 전적인 후원을 받지 않는 것을 기본으로 삼았다.
전적인 후원을 받게 되면 자유를 빼앗기게 된다는 것쯤은 아는 나
이였기 때문이다. 세상에 공짜란 없는 법이 아니던가. 생존경쟁 회
원들은 오랜 시간 이 문제를 두고 토론을 했다. 그리고 토의 끝에
다음과 같은 원칙을 정해 고수해 나가기로 했다.

1. 철저한 대학주의를 원칙으로 한다.
2. 대학생들의 창의적인 생각을 바탕으로 공익적이고 문화적인 행사
   를 기획하고 실행해 새로운 대학문화를 창조한다.
3. 기업의 협찬은 받을 수 있지만 기업에 예속되지는 않는다.
4. 소수정예 체제로 간다.
5. 세계 최고의 대학이벤트연합동아리를 지향한다.

그야말로 대학생다운 순수한 결정이었다. 경덕은 생존경쟁이 순

수함을 잃지 않고 이대로만 나간다면 세계 최고의 대학이벤트연합 동아리뿐만이 아니라 세계에서 가장 오래 생존하는 대학이벤트연합동아리가 될 수도 있다고 생각했다. 아니, 꼭 그렇게 만들 생각이었다.

그 해가 질 무렵, 저물어 가는 멋진 한 해를 자축하고, 더 멋진 새해를 맞이하는 의미로 모두 작은 호프집에 모였다. 모두 손자의, 손자의, 손자가 열어 볼 타임캡슐을 생각하면서 자부심에 가득 차 있었다. 7월 생존경쟁의 창립과 동시에 대형 프로젝트를 진행해 10월에 성공적으로 끝마쳤으니, 참으로 놀랍고도 멋진 한 해였다. 경덕과 생존경쟁 회원들은 스스로가 정말이지 대견했다.

경덕은 자신의 1년 전 모습을 떠올리며 지금의 자신이 자랑스러웠다. 일 년도 안 되는 사이에 동아리의 위상만 커진 게 아니라 자신과 생존경쟁 회원들의 세상을 보는 눈과 꿈도 엄청 커져 있었다.

경덕은 가슴이 설렜다. 앞으로 무슨 일이 일어날지 무척이나 궁금했다. 아직 경험해보지 않은 일은 경험해본 일을 뺀 나머지 전부요, 아직 가보지 못한 곳은 가본 곳을 뺀 나머지 전부일 터였다. 다시 말하면, 앞으로 가볼 곳도 그 만큼이나 많고, 할 일도 그 만큼이나 많다는 뜻이었다.

새해가 밝아 1995년, 생존경쟁은 두 번째 대형 프로젝트를 구상하고 신입회원을 모집하기로 했다. 생존경쟁 회원들은 후배를 맞

생존경쟁 신입회원 모집 포스터

현재까지도 활동 중인 생존경쟁 후배들

는다는 설레는 마음으로 신입회원 모집 포스터를 제작해 각 대학 게시판에 부착했다. 그림에 관심과 재능이 있고, 대학연합 광고동아리에서도 활동한 경덕 덕분에 멋지고 세련된 포스터가 나왔다. 따로 모이는 장소가 없어 지원서 받을 주소를 경덕의 집으로 했다.

"생존경쟁? 이 집에 연예인이 새로 이사 왔어요?"

경덕의 집에 우편물이 쇄도하자 집배원이 물었다. 날마다 한 묶음씩 우편물이 오는 데다, 생존경쟁이라는 이름을 보니 인기 그룹의 멤버가 사는 집인가 했던 것이다.

지원서 모집 마감 이후 확인한 결과 경쟁률이 50대 1. 열 명을 모집하는데 오백 명이 지원했다.

'창립한 지 몇 달 안 되는 사이에 생존경쟁의 위상이 이리도 높아졌다니!'

경덕은 믿을 수가 없었다.

03 실패를 통해 무엇을
깨닫고 배웠느냐

    몇몇 회원은 생존경쟁의 두 번째 프로젝트를 두고 거창해도 너무 거창한 거 아닌가, 스케일이 커도 너무 큰 거 아닌가 하며 걱정을 했다. 생존경쟁을 창립할 때 이왕 하는 일, 큰일을 하자고 하기는 했지만, 정작 큰일을 앞두니 더럭 겁이 났던 것이다.

    생존경쟁의 두 번째 프로젝트는 공익을 목적으로 하는 초대형 프로젝트로, 광복 50주년을 기념하는 초대형 태극기를 제작해 세계 기네스 신기록에 도전하는 것이었다. 경덕은 기네스북에 오르는 사람이 따로 있겠는가, 우리라고 왜 못 하겠는가, 지레 겁먹지 말고 용감하게 덤벼 보자며 회원들에게 용기를 불어넣었다.

    생존경쟁 회원들은 눈을 감은 채 전 세계 텔레비전 뉴스에 올해로 대한민국이 광복 50주년을 맞았다는 설명과 함께 생존경쟁이 만든 대형 태극기가 기네스 신기록을 갱신했다는 기사가 나오는 장면을 상상하자 가슴이 찡하면서 심장이 쿵쿵 뛰었다.

경덕의 강력한 의지와 용기에 생존경쟁 회원들은 이 엄청난 프로젝트를 위해 다시 한 번 마음을 모으고, 즉시 회의에 들어갔다.

생존경쟁의 두 번째 프로젝트 진행을 위해 경덕이 첫 번째로 찾아간 곳은 광복 50주년 기념사업회였다.

"저희 생존경쟁이 주축이 되어 전국의 대학생들과 함께 광복 50주년을 기념하는 초대형 태극기를 제작할 예정입니다."

경덕은 담당자에게 기획서를 건네며 프로젝트 기획 의도를 간략하게 설명했다. 지난번에 서울시 정도 6백 년 사업에 참여한 이야기도 빠뜨리지 않았다.

"기네스북 신기록 도전이라. 젊은이들답군, 젊은이들다워. 잘들 해보게. 행운을 비네."

광복 50주년 기념사업회 담당자는 생존경쟁 회원들을 칭찬하고, 사기를 북돋아주었다. 그러면서 대학생들이 이렇게 자발적으로 나서 주니 오히려 본인이 고마울 따름이라며 어려운 일이 생기거든 말만 하라고 했다. 이대로라면 이번 프로젝트도 어려움 없이 술술 풀릴 것 같았다.

문제는 태극기를 만들 천을 구하는 것이었다. 아무리 생각해도 시장에서 사기에는 무리인 듯했다. 필요한 양이 엄청 많았고, 그

엄청난 양의 천을 이어붙이는 일도 만만치 않을 터였다. 그리고 당연한 일이지만 비용도 문제였다. 생존경쟁 회원들이 아르바이트를 해서 번 돈과 아끼고 아껴서 모은 돈도 지난번 프로젝트를 진행하는 데 다 쓰고 없었다. 첫 번째 프로젝트를 마치고 깨달은 것은 틈틈이 아르바이트를 하는 것만으로는 대형 프로젝트를 진행할 수가 없다는 점이었다. 대형 프로젝트인 만큼 돈도 많이 들고, 시간도 많이 들기 때문에 협찬이나 후원을 받는 것이 필수였다.

경덕은 후원을 해줄 테니 언제든지 연락하라던 기업들을 찾아다니기 시작했다. 길거리를 다니면서 공중전화를 볼 때마다 통화할 수 있는 돈이 남아 있는지 확인하고 남아 있으면 얼른 뛰어들어가 목록에 적힌 기업에 전화를 걸었다. 하지만 기업들은 말을 바꾸었다. 큰 부담도 아닐 것 같은데, 담당자들의 반응은 대부분 차갑기 그지없었다. 경덕은 기업의 담당자가 프로젝트를 격려해준다고 해서 반드시 후원을 해주는 것은 아니라는 걸 알게 되었다. 정부기관 담당자들도 마찬가지였다. 말은 그럴 듯하게 하면서도 정작 도움을 청하면 이 핑계 저 핑계 늘어놓았다.

그러나 경덕은 포기하지 않았다. 반드시 길이 있을 거라고 생각했다. 아는 사람들부터 한 사람, 한 사람 떠올려보았다. 순간 직물회사에 다니는 동네 형이 생각났다. 경덕은 형을 만나 구상 중인 프로젝트에 대해 이야기했다.

현재 가장 큰 태극기가 가로 120m, 세로 90m인데, 이번에 만들 태극기는 가로 150m, 세로 120m라는 말에 형의 눈이 휘둥그레졌다. 게다가 대학생들이 참여해 손도장을 찍어서 건곤감리를 만들 것이라는 말에 경덕을 격려하며 방직회사를 소개해주었다.

경덕은 방직회사를 찾아가 기획안을 건넨 다음, 기획 의도와 목적을 자세히 설명했다.

"이만한 태극기를 만들려면 천이 1톤은 들 텐데."

방직회사 사장님이 기획안을 보면서 걱정스럽다는 듯 말했다. 1톤이라니, 경덕의 눈이 휘둥그레졌다.

"명색이 기네스북에 도전할 태극기인데, 얇은 천으로 될 것 같은가?"

경덕은 많은 양의 천이 필요할 거라고는 생각했지만, 그 정도 무게가 나갈 줄은 상상도 못했다. 찢어지지도 않고, 손도장으로 찍은 페인트가 번지지 않으려면 천 두께가 상당히 두꺼워야 하는 건 당연한 데도 말이다. 순간 경덕은 천의 양이 많아서 협찬을 못 해주겠다고 할까봐 더럭 겁이 났다.

"하하하, 협찬해줄 테니 걱정 말게. 큰 천 수십 장을 이어 붙여야 하니까 일주일은 기다려야 할 거야."

경덕은 그제야 안도의 한숨을 내쉬고는 진심으로 감사의 마음을 전했다.

경덕은 부리나케 생존경쟁 회원들에게 달려가 이 기쁜 소식을 전했다. 생존경쟁 회원들은 가슴 벅차하면서도 선뜻 믿지 못하겠다는 눈치였다. 첫 번째 대형 프로젝트에 이어 두 번째 초대형 프로젝트도 순조롭게 진행되자 얼떨떨했던 것이다.

이제 남은 일은 초대형 태극기를 펼칠 장소를 물색하는 것이었다. 첫 번째 후보지는 지금은 공원으로 바뀐 여의도 광장이었다. 경덕과 생존경쟁 회원들은 여의도 광장으로 답사를 갔다. 벅찬 가슴을 안고 여의도 광장에 둘러앉아 일단 시원한 캔맥주부터 마시기로 했다. 초대형 태극기가 여의도 광장에 펼쳐질 생각을 하니 가슴 저 아래에서 뜨거운 무엇인가가 올라왔다. 사실 며칠 전부터 회원들 머릿속에서는 기네스 신기록을 달성한 태극기가 쫙 펼쳐져 있었다. 이곳 여의도 광장에 애국가가 울려 퍼지면서 엄청난 인원의 대학생들이 건곤감리 손도장을 찍어 만든 대형 태극기가 펼쳐지고, 방송국 헬기가 그 멋진 광경을 촬영할 것을 생각하니 다들 온몸에 전율이 일었다.

성큼성큼 걸어 광장의 길이를 재던 후배 한 명이 고개를 갸웃거렸다.

"어때? 충분하지?"

설마 모자라기야 하겠느냐는 마음으로 경덕이 소리쳐 물었다. 그러자 뜻밖의 대답이 돌아왔다. 가로 길이는 얼마든 상관없는데,

세로 길이가 모자란다는 게 아닌가.

경덕은 숨이 턱 막히면서 눈앞이 캄캄해졌다.

'이럴 수가! 여의도 광장이 안 된다면 어디가 될 것인가.'

회원들 입에서도 탄식이 흘러나왔다. 그렇다고 해서 포기할 수도 없었다.

경덕과 생존경쟁 회원들은 실망하지 말고, 포기하지 말고, 전국을 다 뒤져서라도 대형 태극기를 펼칠 장소를 찾아내기로 했다. 찾다 보면 여의도 광장보다 더 넓은 곳이 있을 것이라고 생각했다. 경덕과 생존경쟁 회원들은 가라앉은 마음을 일으켜 세웠다. 우리

초대형 태극기 제작 실패 후 10년 뒤
독도 앞바다에 대형 태극기를 띄우기 위해 준비하던 모습

나라가 아무리 작은 나라라고 해도 태극기 펼칠 장소 하나 없겠느냐는 믿음이 짙게 깔려 있었다.

다음 날부터 적합한 장소를 찾아다니기 시작했다. 공항에도 가보고, 평야에도 가보고, 해안에도 가보았지만 모두 마땅치 않았다. 공항 활주로는 비행기 이착륙과 안전 때문에 안 되고, 평야는 한창 자라고 있는 곡식 때문에 안 되고, 해안은 태극기가 물에 젖을 위험이 커서 안 되었다. 공항이나 평야 말고도 넓은 곳이 있기는 했지만, 땅이 고르지 않아서 태극기를 펼치기에 적합하지 않았다. 준비는 다 됐는데 태극기를 펼칠 장소가 없다니, 이게 웬 날벼락인가 싶었다.

"그렇다고 익어가는 벼를 벨 수도 없고……."

전국을 헤집고 다니다 허탕을 치고 돌아오는 고속버스 안에서 누군가 푸념을 했다. 맞는 말이었다. 한창 익어가는 벼를 벨 수는 없는 노릇이었다. 활주로를 폐쇄할 수도 없고, 바닷물을 막을 수도 없었다. 광복절이 겨울이었다면 얼마나 좋을까 하는 생각까지 들었다. 그렇다면 벼를 벤 다음일 테니 평야도 마땅할 터이고, 한강도 얼어붙으니 태극기를 펼쳐볼 수도 있을 터이니 말이다. 생존경쟁 회원들은 눈을 감은 채로 푸념을 늘어놓았다. 하지만 곧 다들 지쳐 목소리도 기어들어가자 푸념을 접고 잠을 청했다. 2주 동안 전국 방방곡곡을 뒤지고 다니느라 모두들 지쳐 있었다.

경덕은 판만 벌여놓고 마무리도 못한 것이 몹시 부끄러웠다. 더구나 여기저기에 소문을 낸 게 몹시 후회스러웠다. 눈을 감고 잠을 청했다. 하지만 쉬 잠이 오지 않았다. 전혀 예상치 못한 반전이었다. 덤벙거리지 말고 좀더 꼼꼼하게 계획했어야 했다는 후회가 밀려왔다. 가족도 떠오르고, 동네 형들도 떠오르고, 방직회사 사장님도 떠오르고, 광복 50주년 기념사업회 담당자도 떠올랐다. 격려해주고, 아낌없이 후원해주겠다고 약속한 사람들을 생각하니 경덕은 고개를 들 수가 없었다. 자신만만했던 자신이 너무도 창피스러웠다. 전 세계 뉴스에 자신과 회원들, 전국의 대학생들의 손도장이 찍힌 세계에서 가장 큰 태극기가 나올 생각을 하며 희희낙락했던 자신이 부끄러웠다.

'하지만 어쩌겠는가. 내가 어리석었지만 이번 일 때문에 다른 일을 못 할 만큼 기가 꺾일 순 없지 않는가.'

경덕은 좋게 생각하기로 했다. 실패를 통해서 큰 교훈을 얻었기 때문이었다. 앞으로는 똑같은 실수를 반복하지만 않으면 된다고 생각하니 진짜로 실패한 건 아니라는 생각이 들었다. 중요한 것은 실패를 통해 무엇을 깨닫고 배웠느냐 하는 것이기 때문이었다.

하지만 아무리 자신을 격려해도 기운이 빠지는 건 사실이었다. 누구보다 긍정적인 경덕도 자존심이 상하고 위축이 되었다. 생존경쟁의 신뢰도가 많이 떨어졌을까봐 걱정이었다.

하지만 얼마 후 대기업들에서 같이 일하자는 제의가 쏟아져 들어왔다. 경덕과 생존경쟁 회원들은 어리둥절했다. 협찬을 약속한 기업들과 주위 사람들에게 미안하고, 면목이 없어 몸 둘 바를 모르겠는데 이게 다 무슨 일인가 싶었다. 비록 생존경쟁이 기네스 신기록 도전에 성공하지는 못했지만, 그 도전정신을 높이 사준 것이다. 실패한 것은 기네스북 신기록 달성일 뿐, 도전정신이 아니었던 것이다.

경덕과 회원들은 결과가 나쁘게 나왔다고 해서 반드시 실패한 건 아니라는 생각을 처음으로 하게 되었다. 늘 결과로만 평가 받으며 살다보니 그럴 만도 했다. 어떻게 늘 결과가 좋기만 하겠는가. 생존경쟁 회원들은 가슴을 쫙 펴고, 고개를 들고 자신들을 돌아보았다. 젊어도 아주 젊고, 시간도 아주 많았다. 앞날이 창창하다는 말은 바로 자신들을 두고 하는 말이었다. 회원들이 씩씩해지자 경덕도 으쓱해졌다. 그제야 생존경쟁 회원들에게도 덜 미안하고, 자신에게도 덜 미안했다. 중요한 건 해본다는 사실, 바로 그것이었다.

어느 날, 경덕에게 '네오룩'이라는 스트리트 매거진(무가지 잡지)에서 객원기자로 일해볼 생각이 없느냐는 제의가 들어왔다. 경덕은 덥석 제의를 받아들였다. 자신이 쓴 기사가 실린 잡지라니, 무척 근사할 것 같았다. 어린 시절부터 신문을 읽으면서 기자라는 직업에도 관심이 많았기 때문이다. 게다가 사람들을 만나 인터뷰를 하고, 기사를 쓰는 일이 자신의 성향과도 잘 맞았다. 경덕은 객원 기자로 활동하는 데에만 만족하지 않고, 생존경쟁 회원들과 함께 기획한 프로젝트를 가지고 기업 및 정부기관과 함께 여러 가지 의미있는 일을 만들면서 재능을 발휘했다. 그러는 동안 김중만처럼 유명한 사진작가나 광고기획자 등 자기 분야에서 뛰어난 실력을 갖춘 사람들을 많이 만났고, 자연스레 인맥도 넓어졌다.

경덕은 그들이 일하는 모습을 가까이에서 지켜보면서 그들의 프로정신과 세계관, 그리고 철학에 감동했다. 그들이 최고가 된 데에는 다 이유가 있었다. 끊임없이 노력하고, 자기와 투쟁하며 묵묵히 외길을 걸으면서도 다방면에 걸쳐 끊임없이 공부하는 사람들이었다. 경덕에게는 한 사람 한 사람이 다 스승이었다. 그 사람들과 만난 시간은 돈을 주고도 살 수 없는 질 높은 수업 시간이었고, 얻고 싶다고 해서 얻어지는 것이 아니었다. 하루 종일 도서관에 틀어박혀 지내기만 해서는 얻을 수 없는 행운, 미래가 보장된 직업을 찾는 데 급급해서는 결코 얻을 수 없는 커다란 행운이었다.

경덕은 그 사람들과의 소중한 인연을 계속 이어갔다. 앞으로 큰 일을 하게 될 때 경덕이 도움을 청하게 될지도 모를 귀한 사람들이었다. 큰 이벤트를 벌이는 것 자체가 여러 분야에 종사하는 사람들

도움 없이는 불가능한 일이기 때문이었다. 하지만 무엇보다 가장 소중한 건 사람들과의 관계 그 자체였다. 어릴 때는 책에 나오는 위인들에게 감동을 받았다면, 이제는 살아있는 훌륭한 사람들에게 감동을 받으며 많은 것을 배우고 있었던 것이다.

경덕은 그렇게 자기 분야에서 최고인 사람들과 일하면서 점점 더 큰 꿈을 꾸고, 그 꿈을 실행에 옮기면서 체험한 성공과 실패를 통해 점점 더 멋진 청년으로 변해갔다. 평범한 대학생에서 글로벌 인재, 글로벌 리더로 성장하고 있었던 것이다.

04 | 월드컵 붐을 조성하라

1996년 생존경쟁의 세 번째 프로젝트는 2002년 월드컵 유치에 공헌하는 것으로 결정했다. 국제축구연맹(FIFA) 집행위원회가 한국과 일본 중에서 월드컵 개최국을 선정하기로 했기 때문이다.

과연 우리나라가 2002년 월드컵 개최국이 될 수 있을 것인가? 경덕은 두근거리면서도 가슴 한 구석이 무거웠다. 일본 정부는 2년 전부터 월드컵 유치를 위해 로비를 벌이고, 일본 기업들은 국제축구연맹이 주최하는 각종 대회에 스폰서를 자처하고 있는데, 우리나라는 가만히 앉아서 결과만 기다리고 있는 것만 같았기 때문이다.

'애초부터 지는 게임이란 말인가? 그래서 우리나라 국민이나 정부도 일본이 이기겠거니 하며 지레 포기하고 있는 걸까?'

경덕은 가슴이 답답했다.

'상황이 어떻든 세상 사람들이 다 그렇게 생각하든 말든 일단 할 수 있는 건 다 해보자!'

경덕은 우리나라가 월드컵을 유치할 수 있도록 있는 힘을 다하기로 했다. 워낙 축구를 좋아하기도 하지만 월드컵 개최야말로 전 세계에 우리나라를 알릴 수 있는 절호의 기회라고 믿었기 때문이다.

그리고 무엇보다 월드컵 정신이 살아있을 거라고 믿었다. 그렇다면 돈보다는 정신, 월드컵을 유치하려는 순수한 열망, 즉 축구를 사랑하는 마음이야말로 가장 중요할 터였다. 유럽인들의 축구 사랑은 상상을 초월할 정도가 아니던가.

그렇다면 아직 기회는 있었다. 경덕은 대학이벤트연합동아리 회장으로서 할 수 있는 일을 하기로 결심했다. 월드컵과 대학문화를 연계한 이벤트를 개최하기로 마음먹은 것이다. 회의 끝에 경덕과 생존경쟁 회원들은 세 번째 프로젝트로 '전국 대학생 아마추어 축구대회'를 개최하는 것으로 결정했다. 가라앉아 있는 국내의 월드컵 분위기를 띄우는 게 급선무라고 판단하고, 대학에서부터 월드컵 붐을 조성하기로 한 것이다.

경덕은 기획안을 준비한 후 한 대기업 홍보실에 전화를 걸어 약속 날짜를 잡았다. 으리으리한 건물에 들어서자 우윳빛 대리석이 깔린 넓고 화려한 로비가 나왔다.

"무슨 일로 오셨습니까?"

안내 데스크 직원이 물었다. 경덕이 홍보 담당자와 만나기로 했다고 하자 안내 데스크 직원은 곧장 홍보실로 전화를 걸었다.

"서경덕이란 학생이 찾아왔는데요. 올려 보낼까요? 네, 알겠습니다."

안내 데스크 직원은 금세 전화를 끊고는 경덕을 쳐다보며 말했다.

"지금 급한 회의 중이시라고, 두 시간 후에 내려오시겠다고 하십니다."

"네, 알겠습니다."

경덕은 순진한 얼굴로 웃으며 대답했다. 대기업이니까 급한 일도 생길 수 있다고 생각했다. 그러나 2시간을 넘게 기다려도 홍보 담당자는 내려오지 않았다. 경덕은 안내 데스크 직원에게 양해를 구하고 자신이 직접 전화를 걸었다. 홍보 담당자는 전화를 받더니 미안하다는 말도 없이 곧 내려갈 테니 기다리라고 했다. 경덕은 홍보 담당자가 내려올 동안 기획안을 펼쳐 혹시 잘못된 건 없는지 다시 한 번 읽어보았다. 하지만 기획안을 보고 또 보는 동안에도 홍보 담당자는 내려올 생각을 하지 않았다. 부아가 치밀었다. 아무리 대기업이지만 너무하다고 생각했다. 아니, 대기업일수록 약속을 더 잘 지켜야 한다고 생각했다. 하지만 후원을 부탁하는 입장이니 꾹 참을 수밖에 없었다. 금방 내려온다던 홍보 담당자는 결국 30분이 더 지나서야 내려왔다. 그러고는 미안해하는 기색도 없이 기획안을 받아들고는 보는 시늉만 하더니 다시 올라가려고 했다.

"저, 아무것도 안 물어보십니까?"

경덕이 당황해 물었다.

"여기에 다 나와 있는데 뭘. 읽어보고 연락주겠네."

"알겠습니다. 잘 부탁드립니다! 고맙습니다!"

경덕은 인사할 기회마저 놓칠까봐 재빨리 큰 소리로 인사를 하고는 로비에 우두커니 선 채 홍보 담당자의 뒷모습을 바라보았다.

"휴! 힘들다, 힘들어."

경덕은 고개를 흔들었다. 정신을 차리기 위해 세수라도 할 요량으로 화장실을 찾았다.

"헉! 이건⋯⋯."

경덕은 그만 참담한 광경을 목격하고야 말았다. 자신의 기획안이 엘리베이터 옆 휴지통에 처박혀 있었던 것이다. 마치 자신이 쓰레기통에 처박힌 것만 같았다.

'어떻게 이럴 수가 있단 말인가. 어떤 기획안인데.'

경덕은 재빨리 기획안을 깨내 이리저리 살펴보았다. 다행히 오물은 묻어 있지 않았다. 하지만 자신의 얼굴에 오물이 묻은 것만 같았다. 얼굴이 화끈거리고 분노가 치밀었다. 가진 자, 힘 있는 자들의 오만과 예의 없음에 화가 났다.

경덕은 다리의 힘이 쭉 빠졌다. 힘없이 로비를 빠져나가 건물 앞 벤치에 걸터앉았다. 사람들이 분주히 오가고, 끊임없이 차들이 어디론가 달려가고 있었다.

언제는 전화만 하라더니 막상 도움을 청하니 태도가 달라도 보통 다른 게 아니었다. 개인적인 일에 후원을 하는 것도 아니고, 전국 대학생들의 축제를 후원하는 동시에 월드컵 붐을 조성하는 일에 후원을 하면 기업의 이미지도 높아질 터인데 왜 협조를 안 해 주는지 안타깝기만 했다. 기업의 후원이라는 것이 알고 보면 기업 이미지를 높이는 일이고, 기업의 이미지에 기업의 미래가 달려 있지 않은가.

'사회란 게, 기업이란 게 원래 이런 걸까? 내가 너무 순진한 걸까? 사람이든 기업이든 순수하면 안 되는 걸까? 무엇이든 돈이 되고, 득이 되어야만 하는 걸까?'

경덕은 한숨을 내쉬었다.

이제 다른 기업을 찾아가봐야 할 터였다. 하지만 다른 기업이라고 뭐가 다를까 싶었다. 어떤 기업도 찾아가고 싶지 않았다. 애초에 도와줄 마음도 없으면서 왜 도와준다고 했는지 이해할 수가 없었다.

'난 이들처럼 행동하지 않을 것이다. 나중에 돈을 벌면 좋은 일

에 아낌없이 쓸 것이며, 나라를 위해서, 꿈 많은 젊은이들과 어려운 이웃을 위해 쓸 것이다!'

경덕은 그 자리에서 맹세했다. 그러고는 스스로를 격려했다.

"기운 내, 서경덕! 이까짓 일 가지고 뭘 그래? 거절당한 게 뭐 어때서? 앞으로 힘든 일이 얼마나 많을지 모르는데 벌써부터 지치기야? 벌떡 일어서! 일어서서 걸어! 분명 널 도와줄 기업이 있을 거야."

마법의 주문이었을까? 경덕은 얼마 후 약속을 지킬 줄 아는 기업을 만났고, 그 기업으로부터 적지 않은 후원을 받았다.

생존경쟁은 곧장 프로젝트에 착수했다. 우선 전국 대학에 공문부터 띄우기로 했다.

"여자축구도 하는 게 어때? 남자축구만 하지 말고."

경덕은 무릎을 탁 쳤다. 여학생들도 가세하면 흥미도 더해지고, 남학생보다 스포츠에 관심이 적은 여학생들의 참여도 끌어들일 수 있으니 그야말로 굿 아이디어가 아닐 수 없었다. 아닌게 아니라, 월드컵은 남자들만의 축제가 아니었다. 축구 사랑엔 남녀노소가 따로 없었다. 여자축구도 하자는 데 회원들 모두 대찬성이었다.

경덕과 생존경쟁 회원들은 흥미진진한 대학생 축구대회를 기대하며 즉시 포스터를 제작했다. 전국 대학생들의 참여를 이끌어내고 세간의 이목을 집중시키는 포스터를 제작하는 게 관건이었다.

그러려면 한 번 보면 잊지 못할 아주 강력한 포스터, 월드컵이 일본이 아니라 한국에서 개최되어야 하는 당위성을 여실히 보여주는 포스터여야만 했다.

경덕과 생존경쟁 회원들은 생각나는 대로 문구를 말해보기로 했다.

"일본은 안 돼요. 한국만 돼요."

"NO! JAPAN, YES! KOREA."

"2002년 월드컵은 한국에서! 20002년 월드컵은 일본에서!"

혈기가 왕성해서일까, 한국과 일본 간의 오랜 감정 때문일까, 생각해낸 문구들이 전부 유치하거나 전투적이었다. 투표 결과 경덕이 낸 문구가 뽑혔고, 즉시 포스터 제작에 들어갔다. 그리고 며칠 후, 참혹한 고베지진 현장을 배경으로 맨 아래에는 경덕의 삐삐 번호와 집 전화번호가 적힌 포스터가 인쇄되어 나왔다.

지진 나는 일본에서 축구하느니 차라리 맨땅에 헤딩하겠다!

경덕과 생존경쟁 회원들은 전국 대학에 포스터를 배포하고, 초조한 마음으로 대학생들의 반응을 기다렸다.

예상은 했지만 가히 폭발적인 반응이었다. 세상 천지에 한국과 일본의 대결보다 더 흥미진진한 건 없는 듯 보였다. 재미있고, 통쾌하다는 반응이었다. 모두들 생존경쟁 회원들과 똑같은 마음이었다. 하지만 이는 어디까지나 우리나라 대학생들의 반응이었다. 일본인 유학생들로부터는 항의 전화가 빗발쳤다.

"이건 해도 너무한 거 아닌가! 어떻게 남의 나라의 불행을 이런 식으로 이용할 수가 있는가!"

"아무리 그래 봤자 소용없다. 월드컵은 일본에서 열린다!"

"한국 대학생들이 이렇게 유치한 줄 몰랐다. 같은 대학생으로서 정말 실망했다."

"부끄러운 줄 알아라!"

모두 한 목소리로 분노를 표시했다.

"더러운 조센징!"이라며 다짜고짜 욕을 퍼붓는 사람도 있었다.

한국 대학생들과 일본인 유학생들의 반응은 극과 극이었다. 자칫 과열되기라도 했다가는 심각한 싸움이라도 일어날 판이었다. 사실 두 나라 간의 오랜 갈등과 해묵은 감정이 한꺼번에 폭발하면 무슨 일이 일어날지 아무도 모르는 일이었다. 게다가 한창 피 끓는 청춘이 아닌가. 이런 감정 싸움을 하려고 포스터를 만든 것이 절대 아니었다. 한국과 일본의 선의의 경쟁을 통해, 특히 대학생들끼리라도 즐거운 축제를 통해 월드컵 붐이 조성되길 바랐던 것이다. 게다가 남의 나라 불행을 들추는 것이 아니라 일본에는 '지진'이라는 위험요소가 있으니 '안전한' 한국에서 열렸으면 좋겠다는 뜻이었는데 오해를 사고 만 것이다.

경덕와 회원들은 곧 2차 포스터 제작에 들어갔다.

2002년 월드컵은 한국에서! 4004년 월드컵은 일본에서!

회원들은 만족했다. 전보다 훨씬 더 부드럽고 눈에 띄는 문구였
다. 경덕은 지난번에 만든 포스터를 생각하니 얼굴이 화끈거렸다.
그에 비하면 이번 포스터는 성숙하고 세련되기까지 했다.

사실 포스터 문구만 바뀐 것이 아니라 며칠 사이 모두들 성숙해
졌다. 아무리 일본에 대한 감정이 좋지 않다 하더라도 최대한 감정
을 배제하고, 이성적으로 행동해야 한다는 걸 깨달은 것이다. 경덕
과 생존경쟁 회원들은 앞으로 공익을 위해 일할 때는 심사숙고한
다음에 행동하기로 다짐했다. 감정에 치우쳤다가는 안 하느니만
못한 결과를 초래할 게 틀림없었다.

생존경쟁은 2차 포스터를 전국의 대학에 배포한 뒤 반응을 기다
렸다. 이번에도 폭발적이었다. 재미있다, 유머러스하다, 통쾌하고
유쾌하다, 세련됐다, 멋지다는 칭찬 일색이었다. 이번에는 일본 유
학생들로부터 항의 전화가 한 통도 걸려 오지 않았다. 경덕은 이
정도쯤은 이해한다는 무언의 동의로 받아들였다.

생존경쟁은 축구대회를 성공적으로 마치기 위해 조직적으로 행

동했다. 행사기획과 홍보에는 회원 전원이 참여하고, 그 외의 일은 후원팀, 디자인팀 등 세부적으로 나누어 팀별 활동도 병행했다.

근사한 포스터 덕분이었을까, 전국 대학생 아마추어 축구대회는 세간의 관심을 끄는 데 성공한 듯했다. 16개 대학에서 참여 의사를 밝혀 왔다. 경덕은 여자축구단이 있는 두 대학을 설득해 참여하겠다는 약속을 받아냈다. 이대로만 된다면 신 나는 축제의 장이 될 것 같았다.

축구대회는 여자축구팀의 시범 경기를 필두로 해서 토너먼트 식으로 진행하고, 결승전 하프타임에 응원 콘테스트를 열어 분위기를 고조시키기로 했다. 그리고 각 대학선수들로 이루어진 올스타팀과 연예인 축구단이 한 판 시합을 벌이는 것으로 전국 대학생 아마추어 축구대회의 피날레를 장식하기로 했다.

여자축구, 연예인 축구단과 대학생 올스타팀의 친선경기를 기획한 것은 대학생들뿐만 아니라 일반인들로 하여금 축구와 월드컵 유치에 더 많은 관심을 갖고 참여하도록 만들려는 의도였다. 우리나라가 월드컵 개최지로 선정되는 데 가장 중요한 요소가 국민들의 축구에 대한 사랑과 월드컵 유치를 향한 뜨거운 열망이라고 판단했기 때문이다. 생존경쟁 회원들은 '월드컵 유치'라는 커다란 사명감을 갖고 목표 달성을 위해 기쁜 마음으로 동분서주했다.

그러던 어느 날, 경덕의 삐삐가 울렸다. 번호를 보니 여자축구팀 주장으로부터의 호출이었다. 경덕은 바로 전화를 걸었다. 왠지 불길했다. 신호음이 울리는 동안 경덕은 가슴이 쿵쿵거렸다. 여자축구팀 주장의 말은 행사를 준비하는 사이 한 대학의 여자축구팀이 갑자기 해체되는 바람에 시범 경기가 무산되었다는 이야기였다. 여느 경기보다 여자축구 경기에 관심이 많았던 생존경쟁 회원들은 실망이 이만저만이 아니었다. 보기 힘든 경기인데 안타깝게 됐다느니, 여자축구팀을 더 꾸려도 모자랄 판국에 해체라니 너무한다는 이야기들이었다.

안타깝고 속상하기는 경덕도 마찬가지였다. 여자축구팀이 있는 대학이 단 두 곳뿐이니 어찌 해볼 방법이 없었다. 경덕은 다른 경기들만은 예상대로 진행되기를 바랐다.

그러나 시련은 짝을 지어 온다고 했던가. 축구대회를 일주일 앞두고 또 다른 문제가 터지고 말았다. 이미 운동장 사용 허가를 받아 놓은 터라 마음 푹 놓고 있었는데, 허가가 겹쳤다며 학교측에서 일방적으로 사용 허가 취소를 통보한 것이다. 아닌 밤중에 날벼락이었다.

어떻게 일주일 안에 장소를 구한단 말인가. 경덕과 생존경쟁 회원들은 속이 터졌다. 발등에 불이 떨어졌다는 말이 이를 두고 하는 말이었다. 주말에는 여러 단체와 친목회, 특히 조기축구회들이 미리 예약을 하기 때문에 학교 운동장이 비는 일이 거의 없었다. 따라서 돌아오는 토요일에 학교 운동장을 사용할 수 있게 된다면 그건 기적이요, 하늘의 별을 딴 것이나 마찬가지였다. 경덕은 가슴이 타들어갔다. 그렇다고 넋 놓고 앉아있을 수만은 없었다. 시간이 없었다. 어디서든 허가를 받아야만 했다.

경덕과 회원들은 발이 부르트도록 이 학교 저 학교를 뛰어다니며 토요일 운동장 사용 스케줄을 알아보고, 양해를 구해서라도 운동장을 사용하게 해달라고 관계자를 설득했다. 사돈의 팔촌까지 인맥이란 인맥은 다 동원했다. 전국 대학생 아마추어 축구대회가 시작도 못 하고 이대로 막을 내리게 할 수는 없었다. 생존경쟁의 체면 같은 건 문젯거리도 아니었다. 운동장이 있는 곳이라면 어디든 달려갔다.

지성이면 감천이라고, 마지막으로 찾아간 숭실대학교에서 원래 토요일로 잡혀 있는 일정을 다른 날로 미루고, 사용 허가를 내주었다. 경덕과 생존경쟁 회원들은 환호성을 지르며 운동장이 떠나가라 소리 내어 웃었다. "만세!"가 절로 나왔다. 며칠 사이 지옥과 천당을 오간 기분이었다. 기적이 따로 없었다.

'이게 기적이지 뭐가 기적이겠는가.'

경덕은 스탠드에 앉아 숭실대 운동장을 내려다보며 안도의 한숨을 크게 내쉬었다.

'포스터 덕을 톡톡히 봤어. 그 사무실에 우리가 만든 포스터가

붙어 있을 줄 누가 알았겠어?'

경덕의 입가에 빙긋이 웃음이 감돌았다. 생존경쟁이 배포한 전국 대학생 아마추어 축구대회 포스터가 숭실대학교 사무실에 떡 붙어 있었던 것이다. 숭실대 관계자가 다른 예약을 뒤로 미루면서까지 운동장을 사용하게 해준 결정적인 이유는 포스터 때문이었다. 포스터를 가리키면서 행사 취지와 지금의 상황을 설명하지 않았더라면 그 관계자 역시 다른 학교들처럼 사용 허가를 내주지 않았을 것이다. 하늘은 스스로 돕는 자를 돕는다는 말이 헛말이 아니었던 것이다.

경덕과 생존경쟁 회원들은 다시 발 빠르게 움직였다. 장소가 변경된 사실을 각 대학에 충분히 알려 관객들이 그전 장소로 찾아가는 일이 없도록 했다. 그 다음 할 일은 포스터 붙이기였다. 포스터 붙이기는 007작전을 방불케 했다. 빌린 봉고차에 포스터와 풀을 싣고 한밤중에 거리로 나가 포스터를 붙일 장소를 발견하는 즉시 얼른 차에서 내려 뿔뿔이 흩어져서는 잽싸게 자기 몫의 포스터를 붙인 다음 다시 차에 후닥닥 올라타는 식이었다. 포스터는 붙이기가 무섭게 떼어지기 때문에 되도록 많은 사람들이 보게 하려면 출근 시간인 아침이 가장 적당했다. 회원 아홉 명이 밤새도록 내렸다 탔다, 흩어졌다 모였다 하면서 포스터 2천 장을 다 붙였다. 아침이 훤히 밝아 오기 시작하자 손은 퉁퉁 부어 아무런 감각이 없고, 눈은 쑥 들어가고, 허기가 지고, 졸리고, 피곤했지만 다들 그 정도 고생쯤은 당연한 일로 여겼다. 숭실대에 조금이라도 보답하고, 인근 지역 주민들도 참여하게 만듦으로써 일반인들과 대학생이 함께하는 월드컵 유치 기원 축제 마당으로 만들고 싶었기 때문이다.

드디어 대망의 토요일. 대학생들의 월드컵 유치 기원 축구대회에 과연 몇 명이나 동참할 것인가.

경덕과 생존경쟁 회원들은 전날 밤부터 가슴이 조마조마했다. 관중석이 텅 비는 일만 일어나지 않기를 빌었다. 행사를 준비하는 동안에도 자꾸만 운동장 쪽으로 눈이 갔다. 경기 시작 시간이 가까워 오자 사람들이 삼삼오오 입장하기 시작했다. 남은 시간까지 이 정도로만 입장해준다면 관중석의 절반 이상은 찰 것 같았다.

'많이 와라, 많이 와라. 제발 많이 와라. 많이 와라, 많이 와라, 제발 많이 와라…….'

경덕은 행사 준비를 위해 분주히 돌아다니며 마음속으로 끊임없이 주문을 외웠다.

주문이 통한 걸까, 회원 한 명이 활짝 웃으며 달려오더니 어서 밖으로 나와보라며 소리쳤다. 황급히 달려나간 경덕은 그 자리에서 꼼짝할 수가 없었다. 입이 쩍 벌어지고, 눈동자가 보름달만 해졌다. 청바지와 티셔츠 차림의 대학생들과 알록달록한 차림의 동네 주민들이 한데 어우러져 장관을 이루고 있었다. 말 그대로 발

생존경쟁이 주최한 '전국 대학생 아마추어 축구대회' 모습

생존경쟁이 주최한 '전국 대학생 아마추어 축구대회' 모습

디딜 틈 하나 없었다. 자리가 모자라 담장에 올라간 사람도 많았고, 미처 들어오지 못해 담장에 매달려 구경하는 사람도 부지기수였다.

경덕과 생존경쟁 회원들은 눈시울이 뜨거웠다. 새로운 장소를 섭외하러 사방팔방으로 뛰어다니느라 발에 물집이 잡히고, 번갯불에 콩 구워 먹듯 밤새 포스터를 붙이느라 손이 퉁퉁 부어올랐던 지난 며칠이 까마득히 먼 옛날처럼 느껴졌다.

"생존경쟁 파이팅! 대한민국 파이팅!"

"2002년 월드컵은 한국에서! 4004년 월드컵은 일본에서!"

경덕과 생존경쟁 회원들은 행사장을 누비고 다니다 서로 마주치면 구호를 외치며 기쁨을 나누었다.

삐익!

마침내 경기 시작을 알리는 심판의 호루라기가 울리자 관중석에서도 "와!" 하는 함성과 함께 힘찬 박수 소리가 터져나왔다.

경덕은 가슴에 손을 얹었다. 심장이 북소리를 내며 뛰고 있었다.

05 | 누나들과 매형들,
      그리고 어머니, 아버지

 전국 대학생 아마추어 축구대회를 성공리에 마치고 생존경쟁 회
원들은 곧바로 다음 작업에 착수했다. 아이비리그로 불리는 하버
드대와 예일대, 스탠포드대 등 미국의 대학과 프랑스의 소르본느,
영국의 옥스퍼드 등 유럽을 대표하는 대학에 영문으로 된 공문을
발송해 한국 대학생들의 월드컵 유치 의지와 당위성을 설명했다.
도쿄대, 와세다대, 게이오대 등 일본의 명문대학에도 똑같은 공문
을 발송했다. 굳이 일본의 대학을 빼놓을 이유도 없었기 때문이다.
정정당당하게 정면 승부를 요청한 것도 사실이었다.
 생존경쟁이 대학생 신분으로 전 세계 대학에 협조를 구하는 공
문을 보내 월드컵 유치에 한몫 거들고 있을 때, 정몽준 대한축구협
회 회장이자 FIFA 부회장은 유럽과 미국, 아프리카의 30여 개 나

라를 순방하며 월드컵 유치를 위해 발로 뛰고 있었다. 경덕은 혼자가 아니란 생각이 들면서 마음이 든든하고, 왠지 좋은 예감이 들었다. 자신이 있었다. 이제 그 누구도 한국이 월드컵 개최국이 되는 걸 막지 못할 것 같았다.

1996년 5월 31일, 경덕의 예감은 적중했다. 국제축구연맹 집행위원회가 2002년 월드컵 개최국으로 한국과 일본 두 나라를 선정한 것이다. 엄밀히 말하면 반만 들어맞은 셈이지만 한국이 2002년 월드컵 개최국으로 선정된 것만은 틀림없었다. 뉴스를 통해 개최국 선정 발표를 지켜보던 경덕과 생존경쟁 회원들은 환호성을 질렀다. 자신들이 월드컵 유치에 단단히 한몫 거든 것 같았고, 일본의 단독 개최로 결정이 나지 않은 데에는 자신들의 노력도 숨어 있는 것만 같았다. 이는 월드컵 유치운동을 벌인 당사자만이 느낄 수 있는 자부심이었다.

'아자, 아자!'

경덕은 속으로 구호를 외치며 다시 의지를 다졌다.

이제 경덕은 유럽에 주목했다. 유럽은 축구의 본고장으로서 축구는 유럽인들의 삶에서 결코 빼놓을 수 없는 아주 중요한 요소이기 때문에 그들에게 월드컵은 올림픽보다 더 큰 축제일 수밖에 없었다. 따라서 월드컵이야말로 유럽인들에게 우리나라가 얼마나 아름다운 나라인지, 우리나라 문화와 역사가 얼마나 유구한지, 우리나라 사람들 인심이 얼마나 좋은지, 우리나라가 숱한 침략을 물리치고 어떻게 지금의 모습으로 발전해왔는지 알릴 수 있는 아주 좋은 기회였다. 경덕은 친한 형과 함께 유럽으로 날아가 발로 뛰기로 마음먹었다.

사실 경덕은 대학생이 되기 훨씬 전부터 자신의 눈으로 직접 세상을 보고 싶었다. 초등학교 4학년 때 큰누나를 만나러 난생처음 혼자 시내버스를 탔던 때부터 꿈꿔온 일이었다. 지금은 보라매공원이 있는 공군사관학교 교정에서 모형 비행기를 날리며 유년 시절을 보낸 경덕에게 처음 혼자의 눈으로 본 서울 시내는 신세계요, 별천지였고, 시내버스 탑승은 다른 세계로 떠나는 첫 번째 모험이자 잊지 못할 가슴 설렘이었다.

누나와 누나 친구들이 자신들이 다니는 이대 앞 버스정류장에서 기다리고 있다가 버스에서 내리는 경덕을 발견하고 손을 흔들며 몹시 대견해하던 모습을 결코 잊을 수가 없었다.

경덕은 지금까지도 버스 안에서 자신을 걱정해주던 낯선 아주머니의 얼굴과 그때 누나와 누나 친구들이 사준 햄버거의 맛과 가게 이름까지 다 기억하고 있었다. 햄버거가 그렇게나 맛있고, 팥빙수가 그렇게나 시원하고 달콤했던 것은 그때가 여름이어서가 아니라, 어린아이가 모험을 성공적으로 마친 뒤의 달콤함과 뿌듯함 때문이었다. 그리고 어른으로 성장해가면서 하게 될 수많은 모험들에 대한 달콤한 상상 때문이었다.

그리고 그날 이후 마음의 키가 훌쩍 커졌다. 두려움을 떨치고 큰 일을 해냈을 때처럼 스스로가 무척이나 자랑스러운 느낌이었다.

이제 세월이 흘러 경덕은 버스정류장에서 쿵쿵 뛰는 심장소리를 들으며 142번 시내버스를 기다리던 아이에서 국제선 비행기를 타고 넓은 세상으로 날아가고 싶어 안달이 난 대학생이 되어 있었다.

'이젠 진짜로 비행기를 탄다, 이 말씀이야.'

경덕은 비행기 좌석에 느긋하게 기대 앉아있는 자신의 모습을 상상하며 씩 웃었다.

경덕이 유럽으로 배낭여행을 가겠다고 하자 경덕의 부모님은 흔쾌히 허락해주었다. 그렇지 않아도 해외여행이 자유화된 1989년부터 부모님도 경덕이 한번쯤 바깥세상을 구경하고 오면 좋을 거라고 생각해온 터였기 때문이다.

경덕은 어머니가 용돈을 넉넉히 챙겨주길 바랐지만 말 그대로 희망사항일 뿐이었다. 경덕이 배낭여행을 가겠다고 하자 어머니는 여행계획서부터 요구했다. 그리고 계획서대로 하면 얼마가 들지 꼼꼼히 따져 떠나기 이틀 전에 은행에 가서 딱 필요한 만큼만 환전해주었다. 경덕은 서운하기도 하고, 처음 가는 곳에서 오도 가도 못 하거나, 굶기라도 하면 어쩌나 싶은 마음에 신용카드도 달라고 했지만 일언지하에 거절당했다.

"맞춰서 써. 많이 가져가면 안 써도 될 곳에 쓰게 되고, 계획한 대로 되지도 않을 거야."

경덕은 어머니가 야속했지만 더 이상 토를 달지 않았다. 지극히 어머니다운 말씀이었기 때문이다.

자식이 하나둘 태어나자 교사 월급으로는 어렵다고 판단하고, 서울로 상경해 사업을 하던 아버지 덕분에 가정형편은 넉넉했지만 어머니는 늘 아끼며 살았다. 자식이 다섯이 되면서 자연히 살림도 커졌지만 남의 도움을 받지 않고 혼자 힘으로 다 했다. 가정부도 없이 그 많은 밥과 반찬을 혼자서 다 하고, 아침마다 도시락을 열 개씩 싸고, 본인의 옷을 사는 대신 딸들이 안 입는 옷을 입었으며, 식료품을 살 때도 시장 여러 곳을 돌아본 뒤에 더 싼 곳으로 가서 샀다. 자식들 옷을 직접 만들어 입히기도 하고, 끊임없이 쏟아져 나오는 빨래를 손수 다 했다. 경덕은 어머니가 아프거나 약을 먹는 모습을 한 번도 본 적이 없었다. 대식구를 돌보느라 아플 틈도 없었던 것이다.

경덕의 어머니는 자식들에게 책을 사주는 데는 돈을 아끼지 않았다. 위인전, 동화책, 만화책, 학생잡지까지 다 있는 경덕의 집은 작은 도서관이나 마찬가지였다. 어머니는 경덕이 어릴 때부터 아침 신문을 가져오게 했다. 일어나자마자 대문에 끼여 있는 신문을 가져오다 보면 기사 제목이라도 볼 테고, 기사 내용이 궁금해지면 펼쳐 읽어볼 테고, 그런 날이 이어지면 자연히 세상 보는 눈도 넓어질 터였기 때문이다. 경덕이 신문 보는 걸 아주 좋아하자 부모님은 어린이 신문을 구독해주었다. 신문에는 그날의 중요한 사건과 역사, 전 세계의 멋진 건축물 사진과 그림, 공연이나 전시회 소식 등 어린이들에게 유익한 정보가 가득했다. 호기심 많은 경덕에게 어린이 신문은 날마다 집으로 배달되는 보물 상자와도 같았다.

경덕은 신문을 보는 것에서 그치지 않고, 나중에 또 읽고 싶을 것 같은 기사나 언젠간 쓸 데가 있을 것 같은 기사는 꼭 스크랩을 해두었다. 관심 있는 기사들을 분야별로 스크랩을 하다 보니 좋은 정보들이 저절로 만들어졌다.

경덕의 부모는 딸과 아들을 차별하지 않았다. 아들이라고 결코 봐주는 법이 없었다. 오히려 야박하다 싶을 정도였다. 딸들에게도 하나뿐인 남동생을 무조건적으로 도와주지 못하도록 했다. 용돈도 조금만 주고 아껴서 쓰도록 했다. 딸들이 사 달라고 하는 것은 바로 잘 사주

경덕과 어머니

면서 경덕에게는 순서를 기다리라며 늘 한참 뒤에야 사주었다.

하지만 용돈이 적어 맛난 것을 못 먹는 일은 거의 없었다. 책을 읽다가 출출해진 누나들이 먹을거리를 찾으면 어머니가 경덕에게 백 원짜리 동전을 쥐어주며 심부름을 시켰다. 그리고 경덕은 거의 매일 밤 가게로 달려가 먹을거리를 사와 누나들과 함께 나눠 먹는 순간이 무척 즐겁고 행복했다.

누나들도 어머니를 닮아 검소하고 근면했다. 공부도 열심히 하고, 자기 일은 자기가 알아서 하고, 돈을 허투루 쓰지 않았다. 큰누나는 대학병원에서 야간근무를 하며 대학원을 다녔다. 경덕은 이런 부모님과 누나들 틈에서 성실하고 검소한 삶의 자세와 철학 등 많은 것을 보고 배웠다.

하지만 이번에는 사정이 좀 달랐다. 어머니가 준 돈만으로 배낭여행을 가기에는 좀 부족한 것 같아 누나들 집을 순례하기로 마음 먹었다. 누나들과 매형들은 숨겨둔 금고이자 든든한 후원자이기 때문이었다.

경덕이 고등학교 때 방학 때마다 집으로 데려가 수학을 가르쳐주었던 큰매형은 용돈을 넉넉히 내놓으며 마치 자기 일처럼 기뻐했다. 경덕은 가슴이 뭉클했다. 직장에서 하루 종일 일하고 돌아와 피곤할 텐데도 밤늦도록 곁에 앉아 경덕이 어려운 문제에 부딪히면 도와주고 졸거나 딴짓을 못 하도록 감시한 사람도 큰매형이었다. 경덕은 용돈을 덥석 받아들고는 넙죽 절을 했다.

누나들 집을 순례하며 경덕은 누나 많은 집 막내로 태어난 게 얼마나 큰 복인지를 다시 한 번 느꼈다. 누나들은 경덕이 어렸을 때부터 든든한 가족이자 선생님이었고, 영주, 포항, 당진 등 지방 출신인 정 많은 매형들은 경덕을 응원하는 또 다른 부모나 마찬가지였다. 경덕을 업어 키웠다고 자부하는 열한 살 많은 첫째누나는 수학을, 둘째누나는 영어를 가르쳐주었다. 중학교 가기 전에 성문기초영문법을 다 뗄 수 있었던 것도 둘째누나 덕분이었다. 그리고 셋째 누나는 예체능을, 넷째누나는 과학을 가르쳐주었다.

책을 좋아하게 된 것도, 넓은 세상을 꿈꾸게 된 것도 어찌 보면 누나들 덕분이었다. 부모님이 아낌없이 책을 사주기도 했지만, 책 읽는 걸 무척 좋아하는 누나들 사이에서 경덕도 닥치는 대로 책을 읽을 수밖에 없었다.

경덕이 유독 좋아한 책은 위인전과 사회과부도였다. 어찌나 재미있는지 표지가 너덜너덜해질 정도로 읽고 또 읽었다. 위인전을 통해서는 훌륭한 인물을 많이 만났다. 평생을 이웃을 위해 헌신한 사람들, 왕과 정치인, 장군, 독립운동가와 과학자, 발명가, 예술가, 철학자들이었다. 경덕은 이들을 통해 한 가지 중요한 사실을 깨달았다. 모두들 자기가 좋아하는 일에 믿음을 갖고 끊임없이 도전했다는 사실이었다. 아무리 힘든 시련이 닥쳐도, 여러 번 실패를 해도 결코 희망을 잃지 않고, 왜 실패했는지를 돌아보고 같은 실수를 반복하지 않았다. 안 된다고 생각하지 않고 반드시 된다고 생각했다. 그리고 자신과 한 약속을 지켰다.

동서양의 수많은 위인들 중에서 경덕이 가장 존경한 인물은 이순신 장군이었다. 어린 경덕은 이순신 장군이 잘 싸워서 좋았다. 전략과 전술을 아주 잘 짜고, 용감해서 더 좋았다. 게다가 출세를 하려고 하거나, 이름을 남기려고 욕심 부리지 않고, 대가도 바라지 않고 나라를 위해 싸워서 정말 존경스러웠다. 다른 중신들이 중상모략을 일삼아도 목숨을 걸고 나라를 지켰다. 특히 이순신 장군이 왜군의 화살에 맞아 숨을 거두기 직전에 남긴 마지막 말은 어린 사나이 경덕의 가슴에 깊숙이 파고들었다.

경덕은 이순신 장군을 생각할 때마다 일제 강점기를 떠올렸고, 그럴 때마다 분하고 원통하기 그지없었다. 가족이 없는 자신을 상상할 수도 없듯이, 나라가 없는 국민을 상상할 수가 없었다. 아니, 상상하기도 싫었다. 어린 경덕은 이순신 장군처럼 꼭 훌륭한 사람이 되어 어떤 일을 하든 나라를 위한 일을 할 거라고 맹세했다.

또한 사회과부도를 펼쳐놓고는 알렉산더 대왕이 어디까지 영토를 넓혔는지, 칭기즈칸은 어디까지 영토를 넓혔는지 손가락으로 따라가보기도 했다. 그럴 때마다 그토록 광대하던 우리의 영토가 좁아진 것을 안타깝고 속상해하면서 자신도 이순신 장군처럼 나라

든든한 후원자인 부모님, 누나들과 매형들

를 지키는 사람이 되겠다고 또 한 번 다짐했다.

경덕은 누나들과 함께 사회과부도로 나라 이름 알아맞히기 놀이도 하고, 국기 알아맞히기 놀이도 했다. 어느 날 밤에는 에펠탑이 있는 나라, 프랑스까지의 비행기 길이 얼마나 되는지 몹시 궁금해서 속이 탔다. 지금처럼 인터넷이 발달되지 않았고, 게다가 늦은 밤이어서 여행사나 항공사에 물어볼 수도 없었다. 며칠 후, 넷째누나가 담임선생님에게 물어본 결과 프랑스까지의 직선 거리는 9천 킬로미터였다.

누나들 집 순례를 마친 경덕은 남대문 시장에서 태극기와 태극부채, 태극배지 등 우리나라를 상징하는 기념품과 열쇠고리, 월드컵 로고가 새겨진 티셔츠 등을 한 보따리 사고, 영문으로 된 한국 홍보 책자도 30권 샀다. 자신의 이름과 집 주소, 전화번호가 영문으로 인쇄된 명함도 1천 장 준비했다.

하지만 준비할 게 더 남아 있었다. 월드컵과 축구에 대한 공부부터 해야 했다. 유럽인들에게 한국에서 열릴 월드컵을 홍보하려면 월드컵에 대해 풍부하게 알고 있어야 할 터였다. 공부를 하면서 모르고 있던 사실을 많이 알 수 있었다. 월드컵이나 올림픽, 엑스포 같은 국제적인 행사가 개최국의 경제에 미치는 파급 효과는 실로 엄청나다는 걸 알게 되었다. 실례로 프랑스의 경우에는 월드컵을 개최한 후 주가가 두 배로 뛰었다고 했다. 대회 기간에 입국할 예상 관광객 수는 40만 명으로, 관광객들이 우리나라에서 소비하는 돈도 엄청날 수밖에 없었다.

경덕은 우리나라를 홍보해야 할 당위성을 더욱 절실히 느꼈다. 우리나라 경제가 더 발전하느냐 못 하느냐가 월드컵 홍보에, 아니 자신의 노력에 달려 있는 것만 같았다. 다른 것은 몰라도 한국을 알리고, 관광객을 한 사람이라도 더 오게 만드는 것은 자신 있었다. 경덕은 손님이 오기를 기다리는 대신 손님들을 만나 직접 초대하기로 마음먹었다. 이번만큼은 일본보다 발 빠르게 움직이고 싶었다.

모든 준비를 끝내고, 마침내 경덕은 비행기에 올랐다. 비행기가 이륙하자 가족들 생각이 났다. 은주 누나, 은실이 누나, 은숙이 누나, 남식이 누나. 그리고 매형들. 아버지, 어머니……. 경덕은 마음속으로 가족에게 진심으로 감사의 마음을 전했다. 가족이 없었다면 지금의 자신도 없을 게 분명했다.

　비행기가 긴 활주로를 달려 이윽고 하늘로 날아오르자 경덕의 입가에 웃음이 번졌다. 어느새 에펠탑 아래에서 선글라스를 낀 채 사진을 찍고 있는 자신을 상상하고 있었다. 자꾸만 웃음이 나왔다.

06 에펠탑 아래에서
애국가를 합창하다

며칠 후, 영국 런던에 걸어다니는 광고판이 등장했다. 마닐라, 아부다비, 프랑크푸르트를 경유하느라 몇 번씩이나 비행기를 갈아 탄 후에야 비로소 런던에 도착한 광고판. 항공료가 가장 싼 필리핀 에어라인을 타고 김포공항을 출발, 그렇지 않아도 오래 걸리는 길을 더 오래 걸려 올 수밖에 없었던 청년. 다부진 몸에 떡 벌어진 어깨, 단단한 가슴, 축구와 농구로 단련된 튼튼한 허벅지와 종아리, 동그란 얼굴에 동그란 안경을 쓰고, 온몸을 태극기로 감싼 채 장난기 넘치는 웃음을 짓는 청년. 다름 아닌 서경덕이었다.

경덕은 태극배지를 모자에 달고 월드컵 로고가 새겨진 티셔츠를 입고, 전국 대학생 아마추어 축구대회 때 연예인팀 주장인 가수 김흥국 씨가 선물한 커다란 월드컵 깃발을 들고, 몸에 커다란 태극기를 두른 채 동행한 친한 형과 함께 런던 거리를 누볐다.

유럽인들은 온몸을 태극기로 치장하고 월드컵 깃발을 휘날리며 걷는 경덕이 신기하고 재미있어 보였는지 먼저 다가와 함께 사진을 찍자고 했다. 경덕은 그들과 사진을 찍고, 월드컵과 한국에 대한 이야기를 나누고, 준비해 간 기념품을 선물했다. 유럽인들은 호

온몸에 태극기를 두르고 우리나라를 홍보하는 경덕

기심 가득한 눈으로 선물을 받고는 진심으로 고마워했다. 그러면서 이 건장하고, 성격 좋고, 잘 웃는 청년이 축구를 사랑하는 한국 청년이고, 한국 청년들은 이 청년처럼 잘 웃고, 건장하고, 성격 좋고, 축구를 사랑한다고 생각했다.

외국인들이 한국에 대한 걸 물을 때마다 경덕은 침이 마르도록 한국을 자랑했다. 영어 실력이 뛰어나지는 않았지만 온몸으로 외국인들에게 한국을 알리려고 노력했다. 예상대로 유럽 사람들은 한국이 월드컵을 개최한다는 사실만으로도 한국에 깊은 관심을 갖고 있었고, 경덕 일행에게도 엄청난 호의를 보였다. 경덕은 한국에 많은 관심을 보이거나 마음이 잘 통하는 사람들에게는 월드컵 티셔츠를 선물하고 자신의 명함을 건네며 공짜로 먹여주고, 재워줄 테니 한국에 꼭 놀러 오라는 말도 **빼놓지** 않았다. 진심이고, 사실이었다.

같이 간 형은 그러다 정말로 놀러 오면 어떡하느냐며 걱정했다. 하지만 경덕은 백 명이든 천 명이든 오기만 하면 어떻게 해서든 재워주고, 먹여줄 자신이 있었다. 그만큼 배짱이 두둑하고 자신만만한 청년이었다.

경덕 일행은 신 나게 돌아다녔다. 하루 종일 발이 부르트도록 걸어다니며 한국을 홍보하다 밤이 늦어서야 숙소로 돌아와 침대에 대자로 **뻗었다**. 배도 고프고 얼굴도 새까맸지만 당장은 씻고 먹고

유럽 각국을 돌며 2002 월드컵을 홍보하는 경덕

할 기운도 없었다. 낮에 걸어다니며 홍보를 하다가 너무 피곤하면 공원에서 태극기를 덮고 단잠을 자기도 했지만, 한데서 자는 잠이 아무리 달다 해도 편할 리가 없었다. 따듯한 물을 틀고 샤워기 아래 서있으면 몸이 노곤해지면서 뿌듯함과 더불어 행복감이 밀려왔다.

경덕은 언제나 자신을 믿어주는 가족, 늘 끌어주고 밀어주는 형들, 마음을 알아주는 친구들, 믿고 따라주는 후배들 생각을 하면서 세상을 다 가진 사람이란 바로 자신을 두고 하는 말 같았다. 그런 사람은 두려워할 것도, 걱정할 것도 없을 터였다. 그리고 그런 사람이 해야 할 일은 자신이 아니라 세상을 위한 일이었다. 경덕은 자신이 그런 사람이라고 믿고 싶었다. 아니, 그런 사람이라고 믿었다.

경덕은 샤워를 끝내고 머리를 말리며 '호프브로이하우스'에서 맥주를 마실 생각을 하니 콧노래가 절로 나왔다.

호프브로이하우스. 광장처럼 드넓은 실내와 탁 트인 야외, 가득 메운 사람들, 꼭지가 달린 거대한 맥주통, 수백 수천 개의 유리 맥주잔이 진열돼 있는 벽, 전통 복장을 입고 맥주와 갖가지 소시지 요리를 나르는 아리따운 종업원들, 신 나는 음악을 연주하는 연주자들. 365일 내내 전 세계에서 온 관광객들로 문전성시를 이루고, 365일 내내 축제 분위기인 독일의 대표적인 명소 호프브로이하우스는 정녕 독일이 맥주의 나라라는 것을 잘 보여주고 있었다.

태극기를 몸에 두른 경덕이 커다란 월드컵 깃발을 들고 호프브로이하우스에 들어서자 사람들이 일제히 손을 흔들며 경덕 일행을 반갑게 맞아주었다. 경덕은 이 세계적인 명소에서도 큰 인기를 끌었다.

유럽인들의 월드컵 사랑은 아무도 못 말릴 정도였다. 유럽 사람들은 한국이 월드컵을 개최하는 나라라는 사실만으로도 한국과 한국인을 친구로 생각하는 게 분명했다. 게다가 독일은 한국과 각별한 인연이 있는 나라였다. 한국의 간호사들과 광부들이 독일에서 열심히 일하던 시절, 어찌나 성실하게 일을 했던지 한국인은 성실하고 근면한 사람들이라는 인식이 박혀 있었다. 또한 우리나라에는 차범근 선수가 있었다. 독일 사람들 마음속에 영원히 살아 있는 독일의 전설이 된 세계적인 축구선수 차붐.

월드컵 개최국의 국민이어서인지, 차범근을 사랑하는 나라에 와서인지, 자신을 반갑게 맞아준 사람들 때문인지, 아니면 그 모두 때문인지 경덕은 호프브로이하우스의 맥주맛이 그렇게 좋을 수가 없었다.

경덕 일행은 분위기에 흠뻑 취해 입가에 묻은 맥주 거품을 훔치며 자리에 앉아 음악에 맞춰 몸을 흔들었다. 자유라는 것이 이런 것이구나, 여행이라는 것이 이런 것이구나 싶었다. 경덕은 문득 한국에 있는 생존경쟁 회원들 생각이 났다. 지금 이 자리에 다 같이 있다면 얼마나 좋을까 싶으면서 미안한 생각이 들었다.

바로 그때, 넓은 홀 안에 익숙한 선율이 흐르기 시작했다. 경덕은 귀를 의심했다. 바로 '아리랑'이었다. 음악 연주자들이 경덕 일행을 위해 아리랑을 연주하고 있었다. 경덕은 가슴이 먹먹하고 온몸에 전율이 일었다. 가슴속 깊은 곳에서 뜨거운 무언가가 올라왔다. 경덕은 상상도 못 한 감동을 선물해준 연주자들에게 고개를 숙여 감사의 인사를 전하자 나이 든 연주자 한 사람이 인자한 웃음을 지으며 경덕의 인사에 화답했다.

아리랑이 울려 퍼지자 홀을 가득 메운 외국 관광객들이 아리랑 선율에 맞추어 천천히 몸을 좌우로 흔들기 시작했다. 경덕 일행은 아리랑을 나지막이 따라 불렀다. 경덕은 눈물이 핑 돌았다. 옆에 앉아있는 형의 눈에도 눈물이 고여 있었다. 전 세계 관광객들이 한 몸처럼 아리랑 선율에 몸을 맡기는 모습은 이루 말로 표현할 수 없는 감동이었다. 경덕은 자리에서 벌떡 일어나 커다란 태극기를 힘차게 흔들었다.

드넓은 홀에 울려 퍼지는 아리랑, 휘날리는 태극기, 아리랑 선율에 몸을 맡긴 수많은 외국인들……. 호프브로이하우스는 순식간에 한국의 월드컵 개최를 축하하는 축제의 장으로 바뀌었다. 아리랑 연주가 끝나자 환호성과 함께 우레와 같은 박수가 터져나왔다. 경덕은 연주자들에게 고개 숙여 다시 한 번 감사의 인사를 건네고 두

팔을 높이 들어 박수를 쳐주었다. 그리고 아리랑을 함께 즐긴 사람들에게도 고개 숙여 감사의 뜻을 표했다. 드넓은 홀에서 다시 한번 박수가 터져나왔다.

이어 신 나는 독일 전통 음악이 연주되자 외국 관광객들은 함께 춤을 추자며 경덕 일행을 이끌었다. 경덕도 형과 함께 신 나게 춤을 추었다. 잘 추지 못해도 상관없었다. 즐겁고 행복하다는 것, 즐겁고 행복한 마음을 함께 나누어 더 즐거워지고 더 행복해지는 것, 중요한 것은 바로 그것이었다.

경덕 일행은 떨리는 마음으로 프랑스 파리로 향했다.

'얼마나 모일까? 스무 명? 서른 명? 그래도 백 명은 오지 않을까?'

광복 50주년 때 기념 초대형 태극기를 제작해 기네스 신기록에 도전하려다가 실패한 지 어느새 1년. 경덕 일행은 유럽 한복판, 자유의 도시 파리의 에펠탑 아래에서 광복 51주년을 기념하는 깜짝 행사를 벌일 참이었다.

"우리 8월 15일, 오후 5시에 에펠탑 아래에서 만납시다! 우리끼리 광복절 기념행사를 하는 겁니다. 다른 사람들에게도 소문 많이 내주십시오. 많이 모일수록 좋습니다. 그럼 그날 봅시다. 건강한 모습으로 다시 만납시다!"

한여름 불볕더위 속에서 월드컵을 홍보하다가 유학생들과 배낭여행을 온 한국 대학생들을 만나 함께 이야기하던 중 경덕이 깜짝 행사를 생각해냈던 것이다. 그리고 마침내 그날이 왔다. 경덕은 설마 또 반전이 기다리고 있는 건 아닐까 하고 은근히 겁이 나기 시작했다. 한 명도 안 오면 어쩌나 하는 불안감이었다.

아무튼 반전은 기다리고 있었다. 에펠탑 아래로 한국의 젊은이들이 2백 명도 넘게 모인 것이다. 대부분 유학생들과 여름방학을 맞아 유럽 각국을 여행 중이던 한국 대학생들이었다. 한 명도 안 올까봐, 듣고도 잊어버렸을까봐 걱정했는데 잊지 않고 약속을 지킨 것이다. 경덕은 눈시울이 뜨거워졌다. 하지만 이내 언제 그랬느냐는 듯이 우렁찬 목소리로 인사를 했다.

"고맙습니다, 여러분! 잊지 않고 오셨군요. 건강한 모습으로 다시 만나서 반갑습니다!"

경덕이 고개를 숙여 인사하자 경덕의 아이디어와 수고를 치하하는 박수가 터져나왔다.

"오늘 바로 이곳에서 조촐하게 광복절 기념행사를 하려고 합니다. 태극기를 하나씩 가져가십시오. 넉넉하게 준비해 왔습니다."

경덕 일행과 한국의 젊은이들은 태극기를 손에 들고 어깨동무를 했다. 굳이 격식을 차릴 것도 없었다. 모든 게 저절로, 자발적으로 이루어졌다.

"동해물과 백두산이 마르고 닳도록……."

에펠탑 아래에서 '애국가'가 울려 퍼졌다. 애국가가 끝나자 모두들 가슴이 터져라 만세 삼창을 외쳤다.

"대한독립만세! 대한독립만세! 대한독립만세!"

말로는 표현할 수 없는 뜨거운 감동이 밀려왔다. 하지만 그 순간은 너무도 짧았다.

"아리랑도 부릅시다!"

역시나 짧은 순간이 아쉬웠던 그 누군가 제의했고, 다들 반가운 마음에 환해진 얼굴로 아리랑을 부르기 시작했다. 경덕은 가슴이 뭉클했다. 에펠탑 아래에서 애국가를 부르고, 아리랑을 부르다니, 꿈을 꾸는 것만 같았다.

애국가와 아리랑이 울려 퍼지자 한국에서 단체관광을 온 아저씨, 아주머니들이 무슨 일인가 하고 왔다가 광복절 기념행사인 걸 알고는 기쁜 마음으로 합류했다.

" '고향의 봄'도 부릅시다!"

또 다른 누군가가 제의했고, 다 함께 환하게 웃으며 고향의 봄을 부르기 시작했다.

파리 시민들과 외국 관광객들이 호기심이 발동해 무슨 일인가 하고 몰려들었다. 낯선 광경이 신기해 사진을 찍는 사람도 많았다. 경덕과 젊은 친구들은 무슨 일이냐고 물어 오는 외국인들에게 자신들이 벌인 깜짝 행사에 대해 친절하게 설명을 해주었다. 설명을 들은 외국인들은 한국 젊은이들의 자발적인 행사에 감동해 연신 고개를 끄덕이며 박수를 쳐주고, 악수를 청하며 진심으로 축하해 주었다.

고향의 봄에 이어 아리랑 목동, 독도는 우리 땅까지 합창한 후에야 광복절 깜짝 행사는 끝이 났다. 경덕은 목청을 높여 감사의 인사와 작별 인사로 행사를 마쳤다.

"여러분, 이렇게 모여주셔서 정말 고맙습니다! 전 한 분도 안 오실 줄 알았습니다! 여행 오신 분들은 남은 여정 건강하고 즐겁게 마치시고, 유학생 여러분은 건강 잘 챙기면서 공부하십시오! 하지만 여러분, 여행도 좋고 공부도 좋지만 오늘 같은 날 이대로 헤어질 순 없습니다! 안 그렇습니까?"

"옳소!"

"맞습니다!"

찬성의 목소리와 휘파람 소리가 터져나왔다.

"기념 촬영을 하고 뒤풀이를 하러 갑시다."

"좋습니다."

아쉬운 마음으로 돌아가지 않아도 되어 다행이라는 듯 모두들 목청껏 화답했다.

경덕은 이렇게 모여준 사람들에게 감사의 인사를 하고, 그에 보답하는 마음으로 박수를 보냈다. 그러자 사람들도 경덕에게 화답의 박수를 보냈다. 이어 모두들 함박웃음을 웃으며 에펠탑 아래에서 기념사진을 찍었다.

'에펠탑 아래에서 우리나라 젊은이들과 광복절 행사를 치르고 기념 사진을 찍다니……'

경덕은 심장이 펄떡거리는 것을 느꼈다. 살아오는 동안 이렇게 감동적인 순간은 처음이었다. 가슴 저 깊은 곳에서 자긍심과 자신감이 용솟음쳤다. 그곳

에펠탑 아래에서 벌인 '광복 51주년 기념 깜짝 행사'가 소개된 신문기사

에 모인 젊은이들도 경덕과 똑같은 기분을 느꼈다. 자신들이 건강한 청년 문화를 창조하고, 배낭여행족으로서 새로운 해외여행 문화를 창조한 것이 무척 자랑스럽고 대견스러웠다.

한바탕 감동의 축제를 마치고, 한국의 젊은이들은 어느새 어깨동무를 한 다정한 친구가 되어 에펠탑 광장 밑 잔디밭에서 시원한 맥주 파티를 즐겼다. 한여름 밤 파리의 에펠탑은 그 어느 때보다 아름다웠다.

07 군대생활도
즐겁게

두 달 동안의 유럽 배낭여행은 경덕에게 앞으로 어떻게 살아야할 것인가에 대한 방향을 일러주었다.

경덕은 외국 사람들이 동양인을 보면 대부분 중국인이나 일본인인 줄 안다는 것, 유명한 유적지나 박물관과 미술관에 한국어 음성 서비스와 한국어 안내책자만 없다는 사실에 몹시 실망했고, 이일을 계기로 앞으로 외국에 우리나라를 알리는 사람이 되기로 결심했다. 게다가 30분 만에 끝난 깜짝 행사였지만 에펠탑 아래에서벌인 광복절 행사는 얼마든지 해외 프로젝트도 성공적으로 수행할수 있다는 자신감까지 심어주었다.

에펠탑 광복절 행사가 신문과 PC통신을 통해 소개되면서 경덕은 스타 아닌 스타가 되었고, 사명감은 더욱더 불타올랐다. 경덕은 에펠탑에 모였던 친구들과 계속 연락을 주고받으며 이듬해에도 같은 자리에서 광복절 행사를 하는 게 어떻겠냐는 이야기에 다음해 8.15기념행사로 여름방학 때 유럽으로 월드컵 홍보 겸 한국 홍보 배낭여행을 떠날 학생들을 모집했고, 난생처음으로 한국 홍보에 대해 강의를 했다.

경덕은 연세대 강의실에 모인 학생들에게 자신의 경험담을 들려주고 월드컵 깃발도 빌려주었다. 물론 태극배지와 태극부채 등 기념품도 잔뜩 사다주었다. 두 명이 떠난 한국 홍보 배낭여행이 몇 달도 안 되어 80명으로 늘어난 감격적인 순간이었다.

경덕은 다시 해외로 나가고 싶어 온몸이 근질근질했다. 지난 여름의 열기가 몹시 그리웠다. 스위스 취리히에 있는 FIFA 본부를 찾아가 긴 설득 끝에 FIFA 회장 자리에 앉아 기념사진을 찍은 일, 영국 맨체스터유나이티드 전용구장인 올드 트래포드와 이탈리아 AS 로마의 전용구장에 갔던 일, 터키의 축구 명문 갈라타사리아의 전용구장에 갔다가 마침 열리고 있는 지역 리그 홈경기를 관전하던 때도 무척 그리웠다.

하지만 그때를 그리워할수록 가슴 한쪽이 답답하기만 했다. 제대로 된 축구 전용구장 하나 없는 우리나라의 축구 현실이 너무 초라했다. 과연 월드컵을 성공적으로 개최할 수 있을까 하는 의구심까지 들었다. 축구 전용구장을 짓는 일은 어마어마하게 큰 일이라

한 기업의 협찬이나 후원만으로 될 일이 아니었다. 어림잡아 수백
억, 아니 수천 억이 들지도 모르는 일이었다. 가뜩이나 경제가 어
려운 때여서 서울시와 정부와 기업이 똘똘 뭉쳐 결단을 내리지 않
는 한 불가능한 일일 터였다.

'아, 우리 아버지가 세계에서 손꼽히는 대부호라면 얼마나 좋을

스위스 취리히에 있는 FIFA 본부를 찾은 경덕

까.'

경덕은 눈앞이 캄캄할 때마다 별의별 유치한 생각을 다 했다.

그 해 12월 3일, 경덕의 부푼 꿈을 비웃기라도 하듯이 우리나라
는 IMF체제로 들어갔다. 나빠질 대로 나빠진 국가경제로 결국 국
제통화기금 금융자금지원에 합의하고 만 것이다. 기업은 구조조정
과 긴축정책에 들어갔고, 많은 사람들이 직장을 잃고, 자살을 하
고, 가족을 버렸다. 국민들은 나라를 일으키기 위해 금 모으기 운
동을 벌이기도 했다.

새해가 밝았고, 경덕은 대학원에 진학했지만 나라 경제는 한 집
두 집 불이 꺼져가듯 점점 더 어두워졌다. 경덕은 나라를 위기에서
구하고 경제를 일으켜 더 이상 죽음을 택하는 사람이 없고, 더 이
상 버려지는 아이들이 없도록 돕고 싶었다. 그러기 위해서 현재 할
수 있는 최선의 일은 천문학적인 경제적 가치를 지닌 월드컵을 성
공적으로 개최하도록 돕는 일이었다.

경덕은 월드컵 전용구장 설립에 관한 보고서를 품에 넣고 가볼
만한 곳은 다 가보았다. 하지만 경덕을 반기는 곳은 한 군데도 없
었다.

"지금 때가 어느 땐데 축구장 짓는 데 돈을 쓰자는 건가? 천 억
도 더 들 텐데, 그 큰돈을 어떻게 구한단 말인가!"

"자네 지금 제정신인가? 대학생이 그렇게 철이 없어?"

기업이나 서울시청의 담당자들은 경덕을 철딱서니 없는 대학생으로 취급했다. 경덕과 생존경쟁 회원들은 방법을 바꿔 명동, 신촌 등 사람들이 많이 오가는 도심 한복판으로 나가 월드컵 전용구장건설 서명운동을 벌였다. 결과는 무척이나 아쉬웠다. 한 달 간 10만 명에게 서명을 받는 게 목표였는데, 3만 명밖에 받지 못한 것이다. 눈앞에 벌어지고 있는 생존이 걸린 최악의 경제 사태에 많은 이들이 축구장 건설에 동의할 수가 없었던 것이다. 해당 관청을 찾아 서명 받은 것을 내밀며 다시 한 번 청원했지만, 전과 달라진 거라고는 조금 더 부드럽게 거절당했다는 것뿐이었다.

월드컵 전용구장설립 범국민모금재단을 설립하면 어떨까 생각해보기도 했다. 하지만 국가경제가 파탄난 판국에 선뜻 돈을 낼 기업이나 기관이 있을 리 만무했다. 상황이 나빠도 너무 나빴다. 전용구장설립은 불가능해 보였다.

그러는 동안에도 국가경제는 점점 더 악화되어 이듬해인 1999년에 이르러서는 수많은 기업이 부도나고, 수많은 자영업자들이 문을 닫았다. 실업자가 180여만 명에 육박했고, 수많은 가정이 깨졌으며, 자살률이 치솟았다. 실제로 IMF 기간 동안 날마다 8천 명의 국민이 신용불량자로 전락하고, 날마다 35명의 아이가 버려졌다.

경덕은 잠시 쉬어 가기로 하고 입대 신청을 했다. 어느덧 스물여섯 대학원생이었으니 늦어도 한참 늦은 나이였다. 다 늙어서 군대를 가니 어린애들한테 존댓말 쓰게 생겼다며 친구들로부터 걱정 섞인 놀림을 당했지만, 경덕은 군대생활 역시 어떻게 생활하느냐에 달려 있다고 믿었다.

경덕이 입영통지서를 기다리고 있는 사이, 월드컵 전용구장을 짓자는 여론이 달아올랐다. 경덕은 피식 웃었다. 그동안 헛수고한 게 아니었던 것이다. 1999년 3월, 경덕은 홀가분한 마음으로 입대했다.

군대도 사람 사는 곳. 자신의 믿음대로 경덕은 나이에 상관없이 동료 사병들과 농구도 하고, 축구도 하면서 스스럼없이 어울렸다. 그러다 보니 군대생활도 재미있었다.

동기들로부터 각 지방의 특성은 물론이고, 세상 돌아가는 일과 직업 세계 등에 대해 많은 이야기를 들을 수 있었다. 농사 짓다 온 친구, 나이트클럽에서 DJ 하다 온 친구, 자녀를 둘씩이나 둔 친구 등 사는 곳도 직업도 다양한 동기들이 들려주는 이야기들이 마냥 신기하고, 재미있었다.

경덕은 운 좋게 사계절이 아름다운 강원도 진부령에 있는 12사단으로 자대배치를 받아 주말마다 친구나 선후배들이 면회를 왔다.

"뭐야? 서 이병은 왜 이렇게 인기가 좋아?"

"뭐 이런 놈이 다 있어? 도대체 사회에서 뭘 하다가 온 거야? 아무튼 부럽다, 부러워!"

경덕이 친구들이나 선후배들이 가져온 치킨이나 김밥 같은 걸 싸들고 내무반으로 돌아가면 모두들 무척이나 부러워했다. 서글서글한 경덕은 그럴 때마다 "제가 좀, 하하하!" 하고는 어깨를 으쓱하며 시원하게 웃어넘겼다.

경덕은 자신의 보직이 마음에 들었다. 처음에 운전병으로 자대 배치를 받았지만, 입대할 때 준비해 간 자기소개서를 본 대대장이 경덕과 면담을 한 뒤 군대 행사를 기획하고 홍보하는 정훈병으로 보직을 바꾸어주었다. 경덕은 행사 중에는 비디오와 카메라로 동영상이나 사진을 찍어 자료로 남겼다. 날마다 부대 앞에 배달된 신문들을 가져와 그 중 한 부는 군생활관 복도에 있는 신문 거치대에 비치하고, 지난 신문에서 중요한 기사들을 오려 스크랩한 뒤 천장 속 비밀 장소에 숨겨 두었다. 그럴 때마다 어릴 때부터 해온 일을 군대에서도 할 수 있다는 게 신기하게 느껴졌다. 제대할 때 보니 그렇게 모인 스크랩북이 스무 권이나 되었다.

경덕은 사병들을 위해서도 늘 노력했다. 친구들에게 부탁해 최신곡을 포함한 음악 CD 1백 장과 최신 영화 비디오테이프를 구비해놓았다가 식사 시간마다 최신 음악을 들려주었고, 일요일 점심 시간 이후에는 최신 영화를 틀어주었다. 그 덕분에 간부들은 물론

강원도 진부령에서의 군대생활

동료들 사이에서도 인기가 아주 많았다.

또한 앞날을 대비해 책을 읽고, 영어공부하는 것도 잊지 않았다. 필요한 책이 있으면 친구들이나 선후배들에게 다음에 면회 올 때 가져다 달라고 부탁했다. 계급이 낮은 이병 때는 편히 책을 읽지 못하고, 그럴 시간도 거의 없어서 효율적인 방법을 연구하다 보니 날마다 조금씩 시간이 날 때마다 화장실에서 몰래 읽어야 했다. 그 방법도 나름대로 스릴 있고 재미있었다. 부탁한 책이 도착하면 일단 앞부분 스무 장쯤을 뜯어낸 후 스테이플러로 찍어 군복 바지 허벅지 부분에 달려 있는 건빵 주머니에 넣어 두고 화장실 갈 때마다 꺼내 읽었다. 주로 각 분야에서 성공한 사람들의 자전적 에세이였는데, 복무 기간 26개월 동안 읽은 책이 백 권이 넘었다.

경덕은 휴가를 나갈 때마다 수첩에 영어 문장을 빼곡하게 적어와서 군복 재킷 왼쪽 주머니에 넣어두고는 하루에 한 문장씩 꼭 외웠다. 일요일에는 6일 동안 외운 문장을 복습했다.

군복 재킷 오른쪽 주머니에는 또 다른 수첩을 하나 넣어두어 신문이나 책, 뉴스를 보다가 중요한 내용이나 좋은 아이디어가 생각날 때마다 즉시 메모를 해 필요한 정보를 차곡차곡 모아두었다. 군복무 기간은 경덕에게 휴식 시간이자 준비 기간인 셈이었다.

군대 들어와서 가장 좋은 점은 아침형 인간이 되었다는 점이었다. 성공한 사람들의 공통점인 아침형 인간이 되고 나니 절반은 성공한 기분이었다. 또 한 가지 좋은 점은 학교 다닐 때보다 훨씬 더 건강해졌다는 점이었다. 그전에는 밤늦게까지 술 마시고, 다음 날 늦게 일어나는 불규칙한 생활로 살이 많이 쪘었는데 군대에 들어온 후 규칙적으로 생활하고, 술도 마시지 않고, 행군과 운동으로 몸을 단련하다 보니 체중이 무려 12킬로그램이나 줄었다. 역시 군생활도 생각하기 나름, 행동하기 나름인 것이다.

경덕은 전역을 하면 병장시절 내무반에서 본 〈믿거나 말거나〉라는 텔레비전 프로그램에 나온 남자, 환경의 중요성을 알리려고 잔디 재킷을 만들어 입고, 잔디를 씌운 차를 타고 다닌다는 진 풀을 찾는 일부터 하기로 마음먹었다. 2002년 월드컵 개막식 때 김대중 대통령이 잔디로 만든 재킷을 입고 개막식 연설을 한다면 2002년 월드컵이 친환경 월드컵임을 전 세계에 알릴 수 있는 가장 좋은 방법이라고 생각했기 때문이다.

전역한 지 2주 후, 경덕은 후배 두 명과 함께 곧장 뉴욕으로 날아가 죽기 살기로 그 남자를 찾아다녔다. 브루클린에서 봤다는 말에 브루클린을 뒤지고, 워싱턴에서 봤다는 말에 워싱턴을 뒤졌다. 혹시나 해서 꽃집도 찾아다니고, 잔디 가게도 찾아다녔다. 또한 비디오테이프를 수십 번씩 보면서 주변 지형지물을 외웠다가 똑같은 곳을 찾으려고 길거리를 헤매기도 했다. 언젠가 〈타임〉이나 〈뉴스위크〉에서 그에 관한 기사를 본 것 같다는 말에 꼬박 일주일을 도서관에 처박혀 십 년치 기사를 검색하고, 미국 방송국, 한국 방송국에도 다 알아보았지만 알 수 있는 게 없었다.

경덕은 답답한 마음에 직접 잔디 재킷을 만들어보려고 잔디 씨를 사다가 물도 줘보고, 재킷을 사서 잔디를 붙여도 봤지만 어림없는 일이었다. 돈도 다 떨어져 가고, 뉴욕에 머물 시간도 얼마 남지 않았을 무렵, 신문에서 '사람을 찾아줍니다'라는 흥신소 광고를 보고는 최소비용으로 사립탐정을 고용하고서야 그 잔디맨을 찾을 수 있었다.

수많은 사람들의 도움을 받고도 못 찾다가 탐정 한 사람이 3일 만에 찾아낸 진 풀은 마흔세 살의 목수로, 한국인 친구도 있고, 한국 음식도 매우 좋아하는 사람이었다. 경덕은 그토록 애타게 찾은 잔디 재킷을 직접 보게 되었을 때 그동안 고생한 게 얼마나 서럽던지 울음이 터질 것만 같았다. 당연한 일이지만 경덕과 진 풀은 금세 의기투합했고, 국경과 나이를 초월한 친구가 되었다.

두 사람은 잔디 재킷을 만든 후 2002년 월드컵 개막식 때 김대중 대통령이 이 잔디 재킷을 입고 개막식 연설을 해주었으면 좋겠다고 정중히 부탁하는 편지와 잔디 재킷을 찍은 사진을 동봉해 청와대에 보냈다. 얼마 후 경덕은 청와대 비서관으로부터 그동안 고생 많았다면서 한 번 생각해보겠다는 연락을 받고는 잔뜩 기대에

잔디 재킷의 주인공 진 톰과 경덕

부풀었지만, 결국 청와대 측에서 정중히 거절하는 바람에 꿈이 깨지고 말았다.

　그래도 괜찮았다. 발바닥에 땀이 나도록 뛰어다니고, 타고 내리지 않은 지하철역이 없을 정도로 뉴욕을 누비고 다니느라 상상도 못 할 만큼 힘들었지만, 국내외 언론을 통해 세계최초의 '월드컵 잔디 재킷'이 널리 알려지고, 괴짜 생활환경주의자 친구도 얻고, 아무 조건 없이 자신을 도와준 교포들과 유학생, 생면부지의 뉴요커들과 친구가 되었기 때문이다. 무엇보다도 가장 큰 성과는 해외에서도 얼마든지 한국 홍보활동을 할 수 있다는 굳건한 확신을 얻은 것이었다.

08 독도는 홀로 외로운 섬이 아니다

2002년 온 국민이 함께한 붉은 악마의 월드컵 응원 열기는 전 세계를 놀라움과 전율에 빠뜨렸다. 시청 광장, 광화문 광장에 결집해 목이 터져라 외치는 붉은 악마의 열렬한 함성이 '오, 필승 코리아!'와 함께 전 세계로 울려 퍼졌다. 우리나라의 월드컵 4강 진출 신화는 온 국민의 열렬한 응원과 축구 선수들의 투지가 일구어낸 값진 성과였다.

일본 국민들도 우리나라의 응원 문화와 성숙한 시민의식, 월드컵 4강 진출에 큰 감동과 충격을 받았다. 비록 일본은 16강 진출에 그쳤지만 우리나라와 터키가 3, 4위전을 벌일 때 많은 일본인들이 한인들과 함께 붉은악마 티셔츠를 입고 '오, 필승 코리아!'와 '대한민국!'을 외치며 우리나라를 열렬히 응원했다.

경덕도 신주쿠 한인 타운에서 사람들과 함께 거리 응원을 했다. 결승전이 일본에서 열릴 예정이어서 그런지 관광객들이 우리나라보다 일본에 훨씬 더 많았다. 속이 상하긴 했지만 우리나라가 역사상 처음으로 4강에 들었고, 다음에 다시 월드컵을 개최할 때 더 잘하면 된다며 마음을 다독였다. 그리고 무엇보다도 월드컵 공동개최를 통해 일본인들과 가까워진 것 같았다. 일본에 불어 닥친 한국 드라마와 한

일본에서 2002 월드컵 붉은악마 응원 모습

국 가요 열풍도 한몫했다. 경덕은 일본의 젊은이들이 지난 세대의 과오를 되풀이하지 않고, 2002년 월드컵으로 하나가 된 것처럼 우리나라 젊은이들과 어깨를 나란히 하고 같이 걸어나가기를 희망했다. 그리고 그럴 거라고 믿었다.

하지만 문제는 망언과 만행을 일삼는 일본 극우세력이었다.

"도저히 안 되겠어!"

경덕은 분노했다.

2005년 2월, 일본 시네마현 의회가 독도를 일본 영토라고 주장하며 매년 2월 22일을 '다케시마의 날'로 정하는 조례안을 가결한 것이다. 한술 더 떠 '돌려달라! 섬과 바다'라는 제목으로 텔레비전 광고까지 하기 시작했다.

일본의 경거망동이 이번이 처음은 아니었다. 일 년 전 고이즈미 일본 총리가 독도는 일본 영토라고 주장한 데 이어, 일본 외무성은 홈페이지에 독도는 일본 영토라고 표기했으며, 독도반환요구 범국민대회를 열어 초등학생들에게도 독도는 일본 영토라고 거짓말을 했다. 하지만 이번 사태는 그 중에서도 최악이었다. 게다가 그 해는 광복 60주년이 되는 해였다.

국내 여론과 한국의 네티즌들은 폭발했다. 날마다 분노에 찬 댓글이 수천, 수만 개씩 달렸다.

–제국주의의 부활은 꿈도 꾸지 마라!

–일본은 아직도 정신을 못 차렸나?

–제3차 대전을 벌이려 드는 것이냐!

–대지진이나 나서 폭삭 가라앉아라!

흥분된 국내 여론과 달리, 경덕이 한국을 홍보하기 위해 세계 경제, 금융, 문화의 중심지인 뉴욕에 체류하면서 만난 외국인들은 일본의 망언에 감정적으로 반응하는 한국인들을 이해하지 못했다. 그럴 때마다 경덕은 일본이 독도를 노리는 이유는 독도가 경제적·과학적·군사적으로 엄청난 가치를 갖고 있기 때문이라며 다음과 같이 설명해주었다.

첫째, 독도가 동해 바다 한가운데 있기 때문에 독도를 차지하면 동해를 차지하는 것과 같다. 이는 일본 영토가 그만큼 넓어진다는 뜻이며, 독도 주변의 풍부한 어족자원이나 지하자원도 모두 일본 것이 된다는 뜻이다.

둘째, 아직 미지의 지역인 독도 주변 해역에서 이루어질 과학적인 발견이 가져올 가치도 무궁무진하다.

셋째, 독도는 지정학적 위치가 좋아서 군사적 요충지이기도 하다. 러일전쟁 당시 일본이 유리했던 이유도 일본이 독도를 먼저 차지했기 때문이다. 바꾸어 말하면, 일본이 대륙으로 진출하려는 야욕을 품었을 때 가장 먼저 하는 일이 독도를 침략하는 일이다. 일본이 동해를 일본해로 표기한 이유도 바로 이것이다. 동해를 일본해로 표기하면 누가 봐도 독도는 일본 영토라고 생각할 것이기 때문이다.

넷째, 일본이 대륙을 침략했을 때 자행한 만행은 말로 다할 수 없다. 지금도 그때의 일로 고통 받는 사람들이 많다. 대표적인 예가 일본군 위안부(성노예) 할머니들이다.

　다섯째, 청산되지 않는 역사는 반드시 되풀이된다. 독도를 일본 땅이라고 우기는 것을 막아야 하는 이유가 여기에 있다.

　이제 경덕도 외국인들처럼 이 사태를 최대한 객관적인 시각으로 보려고 노력했다. 감정에 치우치지 않아야 사태를 정확하게 보고 판단할 수 있기 때문이었다. 그러자 외국인들의 말처럼 우리가 지나치게 감정적으로 대처할 필요가 전혀 없다는 결론이 나왔다. 무엇보다 독도가 우리 땅인 건 지극히 당연한 사실이기 때문이었다.

　경덕은 아주 이성적인 방법으로 독도가 우리의 영토임을 전 세계에 천명하기로 결심하고, 그 사실을 알릴 강력한 수단을 찾기 시작했다. 2005년 7월 27일, 세계 최대 발행 부수를 자랑하는 신문, 전 세계에 엄청난 위력을 발휘하는 신문, 전 세계인들이 가장 신뢰하는 신문 〈뉴욕타임스〉의 A섹션에 6분의 1 크기의 광고를 실었다. 뉴욕은 27일 아침, 한국은 27일 저녁이었다.

　'DOKDO IS KOREAN TERRITORY'라는 헤드카피가 광고의 4분의 3을 차지했다. 그리고 그 밑에는 영문 고딕체로 다음과 같이 쓰여 있었다.

Basic Korean ③

독도

English: Dokdo [dokdo]

Meaning: Dokdo is an island which K
most. Please visit Dokdo
scenery.

www.ForTheNextGeneration.c

Hangeul, the Korean alphabet is one
consistent and efficient writing systems in t
surprisingly easy to learn.

DOKDO
Dokdo is two islets east of the Korea Peninsula

IS

KOREAN

TERRITORY

Dokdo belongs to Korea.
The Japanese government must face this fact.
Also Korea and Japan should now move toward cooperation,
for the creation of a peaceful and prosperous Northeast Asia
that resonates throughout the world.

www.koreandokdo.com

〈월스트리트저널〉 1면에 실린 한글로 된 독도 광고, 〈뉴욕타임스〉에 실린 독도 광고 독도는 한국에 속합니다.

일본 정부는 이 사실을 인정해야만 합니다.

더불어 한국과 일본은 동북아시아의 평화와 번영을 위해 지금부터

서로 힘을 합쳐 세계의 중심이 되도록 노력해야만 합니다.

www.koreandokdo.com

어마어마하게 강력하면서도 신사적인 광고였다. 이 멋진 광고는 삽시간에 전 세계로 퍼져 나갔다. 인터넷을 통해 실시간으로 한국에도 타전되었다.

그날 아침, 〈뉴욕타임스〉를 집어든 경덕은 가슴이 쿵쾅거리고 손이 파르르 떨렸다. 잠시 숨을 고르고 A섹션을 펼치자 짧고 뜨거운 탄성이 터져나왔다. 가슴 저 깊은 곳에서 뜨거운 그 무엇이 솟구쳐 오르면서 온몸에 전율이 일었다. 지난 몇 달이 주마등처럼 스쳐갔다.

경덕이 〈뉴욕타임스〉를 선택한 건 전 세계가 주목하는 가장 권위 있는 신문이자 전 세계의 정부와 기업, 언론이 구독하는 신문이기 때문이었다. 〈뉴욕타임스〉에 광고를 싣기로 결심한 후 경덕은 날마다 〈뉴욕타임스〉를 사서 읽었다. 샤넬, 루이비통, 메르세데스벤츠, 페라리 같은 명품 광고가 주를 이루었다. 도대체 광고비가

얼마나 비싸기에 명품 광고만 있는지 궁금하기도 하고, 두렵기도 했다. 그러다 문득문득 '내가 미쳤나?' 하는 생각도 들었다. 하지만 겁먹는 대신 〈뉴욕타임스〉에 전화를 걸어 광고 담당자와 몇 번을 통화한 끝에 만날 약속을 잡았다.

경덕은 자신이 직접 스케치하고, 가위로 오리고 풀로 붙여 만든 광고 시안을 가지고 〈뉴욕타임스〉 광고 담당자를 찾아갔다. 광고 담당자는 입을 쩍 벌린 채 아무 말도 못 하다가 경덕을 빤히 쳐다 보며 물었다.

"이게 다 뭐요? 무슨 광고죠? 대체 어떤 사람이기에 이런 중요한 국가현안에 관련된 광고를 자비로 하나요?"

이것 저것 다 이해 못 하겠다는 표정이었다.

하지만 경덕은 걱정하지 않았다. 자신이 광고 담당자의 마음을 충분히 이해했으니 이제 광고 담당자가 자신을 이해하면 된다고 생각했다. 그리고 자신은 광고 담당자를 이해시킬 수 있다고 믿었다. 진심은 어디서든 통한다고 생각했다.

곧 경덕의 믿음이 옳았음이 증명되었다. 광고 담당자가 경덕의 손짓, 발짓 섞인 설명에 이해하고, 공감하고, 감동했다. 그러고는 〈뉴욕타임스〉에 광고를 하려면 어떻게 해야 하는지 친절하게 알려주고 조언까지 해주었다.

"땡큐!"

경덕은 활짝 웃으며 고마움을 표현했다. 그러고는 당당하게 광고 지면을 지정하고, 광고비 단가표를 요구했다.

광고비는 날짜, 지면, 위치, 크기에 따라 달랐다. 게다가 국가 현안에 관련된 광고는 신문사 내부 심의를 거쳐야 하는 데다 광고비도 엄청 비쌌다. 이번에 광고를 실으려면 광고 지면이 비는 날짜를 이용할 수밖에 없었다. 원하는 날짜와 지면을 요구하기에는 광고비가 너무 비쌌다. 광고비는 경덕이 기업의 대학생 대상 광고 프로젝트에 참여해서 모은 돈과 아르바이트를 해서 모아놓은 돈, 가족들이 보내준 돈으로 충당했다. 한 마디로 〈뉴욕타임스〉 광고는 경덕과 후배, 경덕의 가족이 이루어낸 결과물이었다.

경덕은 최종 광고 시안이 나올 때까지 몇 달 동안 잠도 잊고, 계절도 잊은 채 광고 시안을 만드는 데 온 힘을 쏟았다. 서울에 있는 후배와 연락을 주고받으며 마음에 드는 시안이 나올 때까지 후배를 닦달했다. 최종 광고 시안이 나올 무렵, 경덕의 허름한 자취방은 온통 메모지로 도배되어 있었다. 툭하면 코피가 흘렀고, 의자에 닿는 청바지 부분은 닳아서 구멍이 숭숭 뚫려 있었다.

그러나 산 넘어 산이라고, 최종 광고 시안을 넘기고 나자 한 가지 문제가 더 남아 있었다. 광고에 웹사이트 주소가 꼭 있어야 한다는 것이었다. 경덕은 시간을 좀 달라고 한 뒤 부랴부랴 웹사이트를 만들었다. 덩달아 서울에 있는 후배도 다시 바빠지고, 전화기도 다시 뜨겁게 달아올랐다. 국제전화 요금이 상상을 초월할 정도였다.

그리고 다섯 달 후인 7월 27일 이른 아침, 경덕은 두근거리는 마음을 진정시키며 〈뉴욕타임스〉를 펼쳤다. A섹션에 독도 광고가 크게 실려 있었다. 가슴이 뭉클했다. 눈물이 흘렀다. 참 잘 만든 광고였다. 〈뉴욕타임스〉는 광고비를 많이 준다고 해서 광고를 실어주는 곳이 아니라 광고 그 자체가 명품이어야 했다. 그만큼 경덕의

〈뉴욕타임스〉의 광고 시안을 작업하던 경덕의 허름한 자취방

광고가 잘 만들어졌다는 의미이기도 했다. 경덕은 대한민국 젊은 이로서, 이제 시작인 대한민국 홍보인으로서도 자긍심을 느꼈다. 〈뉴욕타임스〉가 자신의 독도 광고를 실었다는 것은 경덕의 진정성이 통했다는 뜻이었다. 경덕은 마음을 진정시키려고 애썼지만 마음대로 되지 않았다. 게다가 한국의 반응이 궁금하기까지 했다.

'괜한 짓 했다고 욕먹는 건 아닐까?'

'시키지도 않은 일 했다고 잡아가지는 않겠지?'

별의별 걱정이 다 들었다.

경덕은 늦은 저녁이 되기를 기다려 인터넷을 열어보았다. 말 그대로 난리였다. 경덕의 독도 광고가 네이버, 다음 등 한국의 모든 포털사이트에서 실시간 검색어 1위, 가장 많이 본 뉴스 1위에 올라있었다.

-통쾌하다!

-십 년 묵은 체증이 뻥 뚫린다!

-도대체 누가 이런 일을 했는지 모르지만 만나면 맛있는 거 사주고 싶다.

기쁨에 찬 댓글들이 수백, 수천 개가 달려 있었다. 댓글을 읽고 있자니 마치 함성이 들리는 듯했다. 경덕은 가슴이 벅찼다. 한국에 있는 생존경쟁 회원들과 선후배들은 물론이고, 국내 방송사들, 영국의 공영방송사인 BBC를 비롯한 외국 방송사들로부터도 전화가 빗발쳤다.

"당신 혼자 한 겁니까? 아니면 한국 정부가 시켜서 한 일입니까?"

"광고비는 누가 낸 겁니까?"

"어떻게 이런 생각을 하게 되었습니까?"

언론사들의 질문은 거의 다 비슷했다.

광고에 인쇄된 웹사이트 로도 메일이 쇄도했다.

―서경덕 씨, 정말 고맙습니다. 국가가 하지 못한 일을 당신 혼자 힘으로 하셨습니다. 도울 일이 있으면 돕고 싶습니다. 제 연락처를 적어 보냅니다.

―서경덕 아저씨, 고맙습니다. 저도 크면 아저씨처럼 우리나라를 위해 좋은 일을 하겠습니다. 서경덕 아저씨, 파이팅!

―경제가 어려워 살맛이 나지 않았는데, 오늘부터는 힘을 내서 일할 수 있을 것 같습니다.

초등학생, 중고등학생, 대학생에서부터 주부, 교사, 직장인, 연예인, 군인, 의사, 운동선수 등 각계각층의 사람들로부터 수천 통의 메일이 왔다. 광고 회사들과 기업들로부터도 전화와 메일이 넘쳐났다.

소박하고 온정 있는 제안을 하는 한인들도 있었다. 딸이 있는데 혹시 장가 안 갔으면 사위 삼고 싶다는 사람도 있고, 음식점을 하는데 맛있는 음식을 대접하고 싶으니 꼭 찾아오라는 사람도 있었다.

온 대한민국 국민과 해외 동포들이 경덕에게 박수를 보내고 있었다. 마치 독도 광고 하나로 전 세계에 흩어져 있는 한인들이 뉴욕에 있는 경덕의 자취방에 다 모인 것만 같았다. 한민족이라는 말이 무슨 의미인지 비로소 알게 되었다.

경덕은 응원과 격려에 보답하는 마음으로 몇 주에 걸쳐 감사의 답장을 보냈다. 독도 광고는 이제부터 시작이라는 말과 함께 앞으로도 계속 우리나라를 홍보하겠다고 약속했다.

실제로 경덕이 기획하고 있는 한국 홍보 프로젝트는 무궁무진했다. 그 중에 가장 큰 일은 독도 광고를 이어가는 것이고, 강제동원된 위안부 문제를 전 세계에 알림으로써 일본으로 하여금 잘못된 과거사를 인정하고 사과하도록 만드는 것이었다.

경덕은 커다란 사명감을 느꼈다. 마치 먼 바다를 노려보는 이순신 장군처럼 비장한 마음이 들었다. 처음 시작할 때의 머뭇거림과 두려움 같은 것은 어느덧 다 사라지고 없었다.

지금도 이어지는 경덕의 독도 사랑

-한 번만 더 그랬다가는 죽을 줄 알아!

-네 가족까지 가만두지 않겠어!

-이제부터 밤길 조심해!

일본인들과 일본의 극우 세력으로부터는 협박이 담긴 무시무시한 폭탄 메일이 날아들었다. 어느 일본인은 한국어 통역까지 대동하고 전화를 걸어 한국 정부가 시킨 거 아니냐고 따져 물었다. 경덕은 겁도 나고, 속도 끓어올랐지만 침착한 목소리로 〈www.ForTheNextGeneration.com〉에 들어가 자료를 다 읽어보라고 응수했다. 그러자 그 일본인은 성난 목소리로 해당 사이트를 다운시켜버리겠다고 협박했다. 그리고 며칠 후 사이트는 실제로 다운되었다. 그것도 두 번씩이나.

'물러서서는 안 된다. 이 정도로 물러설 거면 시작도 하지 않았다. 무엇보다 내 뒤에는 든든한 대한민국 국민들과 네티즌들이 있다!'

경덕은 협박과 방해 공작이 있을 때마다 마음을 다잡았다.

일본인들의 협박이 계속되는 동안 전 세계 교민들은 경덕에게 광고 원본파일을 받아서는 자체 모금한 돈으로 각 나라, 각 도시별 대표 유력 신문에 독도 광고를 실었다. 〈뉴욕타임스〉에만 실렸던 독도 광고가 세계 각지의 주요 신문에 실리게 된 것이다.

뉴요커들의 호응도 좋았다. 그들은 대체로 놀라워하면서 '개인이 할 수 있는 굉장히 겸손한 광고'라며 아이디어 자체를 높이 평가했다. 외국 대학원생들과 대학 교수들의 반응도 상당했다. 대학원 논문 소재로 쓰고 싶다는 외국인 대학원생의 연락도 받았고, 콜롬비아 대학의 한 교수에게 초청도 받았다. 그럴 때마다 경덕은 기쁜 마음으로 광고 원본파일을 보내주었다. 그리고 자신이 만든 독도 광고를 가지고 독도 문제와 한국과 일본의 관계에 대해 진지하게 수업에 임하는 콜롬비아대학 학생들을 뿌듯한 마음으로 지켜보며 광고하기를 참 잘했구나 싶었다.

가장 인상적이었던 일은 뉴욕의 여러 한인 학교에 초대 받은 일이었다. 한인 학교는 외국에서 자라는 한국 아이들에게 한글과 우리 문화와 역사를 가르치는 주말학교였다. 경덕이 교실에 들어서자 학부형들은 아이들에게 경덕을 소개하면서 '한국홍보전문가 서경덕 선생님'이라고 이야기했다.

한국홍보전문가!

처음 그 말을 들었을 때, 경덕은 굉장히 쑥스럽고 멋쩍기도 했지만 한편으로는 어린아이처럼 굉장히 기분 좋고, 자랑스러웠다. 우리나라에 이렇게 멋진 직업을 가진 사람은 자신이 처음일 거라고 생각하니 어깨가 으쓱해졌다. 그 후 어느 기자가 전화를 걸어 경덕의 직업을 '한국홍보전문가'라고 써도 되겠느냐고 물었을 때 경덕은 기쁜 마음으로 허락했다.

어느 날 경덕은 뉴욕의 한인 세탁소에 양복을 맡기러 갔다가 자신의 독도 광고가 액자에 넣어져 걸려 있는 것을 보고는 참지 못하고 물었다.

"이거 누가 이렇게 해놓았나요?"

사실은 "이거 제가 낸 광고예요." 하고 어린아이처럼 자랑하고 싶은 것을 꾹 참고 그렇게 물어본 것이다.

"우리 아들이 들고 왔는데 얼마나 기분이 좋던지. 당장 액자에 넣어서 사람들 눈에 잘 띄는 데다 걸어놓았어요. 와, 독도 광고를 하다니! 누군지 몰라도 참 멋진 생각을 했어요. 안 그래요?"

세탁소 주인이 행복한 표정을 지으며 말했다.

"네. 저도 그렇게 생각해요."

세탁소 문을 나서는 경덕은 낯선 이국땅에 믿을 수 없을 만큼 급속도로 행복 바이러스가 퍼지고 있음을 깨달았다. 고국을 떠나 외롭게 살고 있는 동포들을 행복하게 해주었다고 생각하니 보람이란 바로 이런 것이라는 생각이 들었고, 자신이 그렇게 자랑스러울 수가 없었다.

'그래, 이제 내가 평생 해야 할 일이 정해졌다. 바로 내가 행복하고, 우리 민족이 행복한 일을 하는 거야. 나라가 작다고, 외국에 나와 산다고 절대 기죽지 않고, 가슴 쫙 펴고 당당하게 살아갈 힘을 실어주는 거야. 우리 땅을 우리 땅이라고 당당히 말하고, 전 세계에 우리나라가 얼마나 아름다운 나라인지 보여주고, 우리 문화가 얼마나 과학적이고 멋진지 알리고, 또 우리 민족이 얼마나 인심 좋고 평화를 사랑하는 민족인지를 알리는 일을 하는 거야. 이건 장거리 경주야. 아니, 평생 달려야 할 마라톤이야. 그리고 이제 막 한 걸음을 뗐을 뿐이야.'

경덕은 어깨를 쫙 펴고, 입술을 꽉 다문 채 뉴욕 거리를 성큼성큼 걸었다.

09 운명적인 만남에서 의형제로

경덕은 자신이 가야 할 길을 쉬지 않고 걸었다.

2005년 11월 23일에는 유럽판 〈월스트리트저널〉에 동해 광고를 실었다. 그것도 가장 많이 보는 A섹션에, 또 가장 열독률이 높은 기업뉴스면에 다른 광고 없이 동해 및 독도 광고 딱 하나만 넣어달라고 특별히 부탁했다.

광고를 싣기 전에는 일본인을 포함 중국인, 미국인들에게 광고 시안을 보여주고 반응을 살폈다. 스위스에 있는 토마스라는 대학원생 친구는 자신이 다니는 학교의 교수와 학생 등 1백 명이 넘는 사람들에게 광고 시안을 보여주며 테스팅을 해주었다.

광고 비용은 온전히 경덕의 가족이 부담했다. 누나가 전화를 걸어 광고 비용을 대주겠다고 했을 때 경덕은 가슴이 뭉클했지만, 미안한 마음에 장난 섞인 말만 주고받았다. 그러다 전화를 끊을 때쯤 누나가 어머니를 바꾸어주자 이내 가슴이 먹먹해졌다.

"경덕아, 고생이 참 많구나. 이번엔 나도 힘 좀 보태마. 늘 조심하고 건강 지키면서 일해야 한다."

어머니의 목소리를 듣자 경덕은 눈물이 왈칵 쏟아졌다. 가족과 떨어져 홀로 뉴욕에서 고군분투하느라 외롭고 서러워서인지, 어머니에게 인정을 받아서인지, 아니면 둘 다인지 경덕 자신도 잘 알 수 없었다.

"고맙습니다, 엄마."

목이 메어 말이 잘 나오지 않았다.

"내 너한테 이래라, 저래라 한 적이 한 번도 없는데 어떻게 이렇게 잘해 나가는지. 나도 네가 참 자랑스럽다. 서경덕, 우리 아들, 파이팅이다!"

경덕은 전화를 끊고는 숨을 길게 내쉬었다. 무척 기뻤다. 세상의 모든 자식이 부모님에게 인정받기 위해 많은 시간을 고군분투하듯, 어쩌면 자신도 그랬는지 모른다는 생각이 들었다.

경덕은 더욱더 박차를 가했다. 세계적인 유명 미술관과 박물관에 한국어 음성 서비스 개설과 한글 안내서 비치 프로젝트를 시작했다. 몇 년 간의 노력 끝에 뉴욕 현대미술관과 메트로폴리탄미술관(MOMA), 스미스소니언 국립자연사박물관에 한국어 안내 서비

세계 유명 미술관과 박물관에 한국어 안내 서비스를 개설하다

스를 이끌어냈다. 다른 나라 주요 박물관과 미술관에도 한국어 안
내 서비스를 개설하려고 열심히 뛰고 있고 있던 어느 날, 더 급한
일이 생기고 말았다.

3·1절 88주년을 맞는 2007년 3월 1일, 아베 신조 일본 총리가
일본은 위안부를 강제로 동원한 적이 없다고 망언을 한 것이다.

'일자리를 준다고 속여 한국 남자들을 일본으로 데려가 짐승처럼
부리면서 강제노역을 시키고, 공부를 시켜준다고 속여 열 살 갓
넘은 어린 소녀들을 끌고가 전쟁터에서 하루에 수십 명의 짐승
같은 일본군에게 성폭행을 당하게 해놓고도 사과는커녕 제 발로
돈 벌러 간 것이고, 일본군들에게 좋은 일을 하면서 돈도 많이

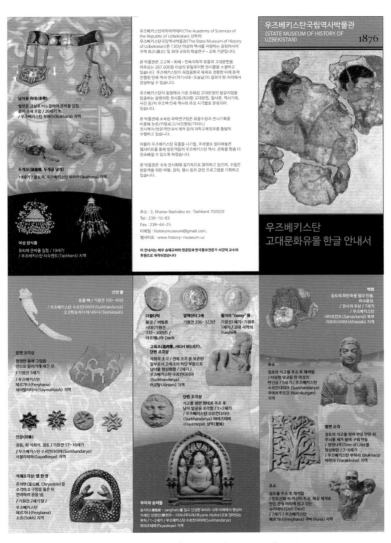

우즈베키스탄과학아카데미(The Academy of Sciences of the Republic of Uzbekistan) 산하의 우즈베키스탄국립역사박물관(The State Museum of History of Uzbekistan)은 130년 이상의 역사를 자랑하는 중앙아시아 지역 최고(最古) 및 최대 규모의 학술연구·교육 기관입니다.

본 박물관은 고고·화폐·민속지학적 유물과 고대문헌을 아우르는 267,000점 이상의 유물무이한 전시물을 소장하고 있습니다. 우즈베키스탄이 독립운동과 자체로 전환한 이래로 진행된 민족 역사 연구(석기시대-오늘날)의 결과가 한 자리에서 감상하실 수 있습니다.

우즈베키스탄이 동양에서 가장 오래된 고대문명의 발상지임을 입증하는 광범위한 전시물(최귀한 고대문헌, 필사본, 역사기록, 사진 등)이 우즈베키스탄 민족 역사의 주요 시기별로 분류되어 있습니다.

본 박물관에 소속된 과학연구팀은 유물수집과 전시기획을 비롯해 논문/카탈로그/사진앨범/가이드/전시재자/방문객안내서 제작 등의 과학교육업무를 활발히 수행하고 있습니다.

아울러 우즈베키스탄 유물을 시기별, 주제별로 정리해놓은 웹사이트를 통해 방문객들이 우즈베키스탄 역사, 문화를 한층 더 친숙해질 수 있도록 하였습니다.

본 박물관은 국제 전시회에 정기적으로 참여하고 있으며, 수많은 방문객을 위한 여행, 강의, 행사 등의 관련 프로그램을 기획하고 있습니다.

주소 : 3. Sharov Rashidov str. Tashkent 700029
Tel : 239-10-83
Fax : 239-44-25
이메일 : historymuseum@gmail.com,
웹사이트 : www.history-museum.uz

이 안내서는 배우 송혜교씨의 맹금입과 한국홍보전문가 서경덕 교수의 후원으로 제작되었습니다.

우즈베키스탄국립역사박물관
(STATE MUSEUM OF HISTORY OF UZBEKISTAN) 1876

우즈베키스탄
고대문화유물 한글 안내서

남자용 허대(後帶)
빨강을 금실로 바느질하여 은박을 입힘.
총이 소재 포함 / 20세기 초
/ 우즈베키스탄 부하라(Bukhara) 지역

두개모(頭蓋帽, 두개을 덮개)
19세기 / 융모직. 우즈베키스탄 부하라(Bukhara) 지역

여성 장식들
유리에 은박을 입힘 / 19세기
/ 우즈베키스탄 타슈켄트(Tashkent) 지역

산양 뿔
동물 뼈 / 기원전 100~40년
/ 우즈베키스탄 수르칸다리아(Surkhandarya)
고고학 유적지 테시타스(Teshiktash)

양면 조각상
평평한 돌에 그림을 안으로 들어가게 새긴 것.
/ 기원전 3세기
/ 우즈베키스탄
페르가나(Ferghana)
세이말리타시(Saymalitash) 지역

인장(印章)
청동, 흰 석회석, 검토 / 기원전 17~16세기
/ 우즈베키스탄 수르칸다리아(Surkhandarya)
사팔리테파(Sapallitepa) 지역

석제조각상: 뱀 한 쌍
온석면(크로토톨, Chrysotile)을 조각하고 구멍을 둥은 뒤 연마하여 광을 냄.
/ 기원전 2세기 말 /
우즈베키스탄
페르가나(Ferghana)
소흐(Sokh) 지역

더 베터릭
황금 / 바빌론 시대 (기원전 331~300년) / 아르메니아 Darik

알렉산더 3세
기원전 336~323년

월지의 "Geray" 왕
기원전 1세기~기원후 1세기 / 고대 서역의 Yuezhi국

고부조(高浮彫, HIGH RELIEF)
단편 조각상
석회석 조각 / 전체 조각 중 보존된 일부로서 고대조의 하단 부분으로 남녀를 형상화함 / 2세기 / 우즈베키스탄 수르칸다리아(Surkhandarya) 에르탐(Airtam)

단편 조각상
석고를 성형 형태로 주조 후 남자 얼굴을 묘사함 / 1~2세기 / 우즈베키스탄 수르칸다리아(Surkhandarya) 파야즈테파(Fayaztepa) 상여(上與)

부처와 승려들
승려(상가티 = sanghati)를 입고 신성한 보라수 나무 아래에서 명상의 자세(선정인/dhyana mudra)로 앉아있는 부처(우즈베키스탄 수르칸다리아(Surkhandarya) 파야즈테파(Fayaztepa)

백화
검토에 희반죽을 발라 만듦. 비수용성.
/ 전사의 두상? / 7세기 / 우즈베키스탄 사마르칸트(Samarkand) 북부 아프라시아브(Afrasiab) 지역

흉소
검토의 석고틀을 주조 후 재채색함. / 타원형 왕궁을 한 여성의 반신상 / 5세기 / 우즈베키스탄 수르칸다리아(Surkhandarya) 쿠예브쿠르간(Kuevkurgan) 지역

평면 조각
검토의 석고틀을 빚어 판을 만든 후 무늬를 새겨 틀에 구워 만듦 / 생명나무(Tree of Life)를 형상화함 / 7~8세기 / 우즈베키스탄 부하라(Bukhara) 바락사(Varakhsha) 지역

흉소
검토를 주조 후 재채색함 / 힌두신화 속 여신의 두상. 재앙 세계로 슈리데비(Shri-Devi) / 7세기 / 우즈베키스탄 페르가나(Ferghana) 쿠바(Kuva) 지역

우즈베키스탄 국립역사박물관에 한국어 안내서를 비치하다

벌었다고 벼락 맞을 소리를 하다니!'

경덕은 울화통이 치밀었다. 일본의 각료들은 완전히 도덕성을 상실한 사람들임에 틀림없다고 생각했다.

'경제대국 2위란 일본이, 민주주의 국가인 일본이 이처럼 못나고 한심한 짓거리를 하다니! 패자든 승자든 잘못한 일이 있으면 진심으로 사과하고, 절대로 과오를 되풀이하지 않음으로써 더 나은 세상을 만들어 후손들은 똑같은 고통을 겪지 않도록 해야 하는 게 아닌가. 전후 독일처럼 말이다.'

경덕은 끓어오르는 분노를 억누를 길이 없었다. 일본의 행태는 독일과 비교돼도 너무나 비교됐다.

독일은 전쟁 중에 저지른 다른 범죄들과 6백만 유태인을 학살하는 전대미문의 범죄를 인정하고, 나치 전범들을 모두 처형하는 등 진심으로 반성하고, 사과하고, 피해자들과 피해 국가에 최대한 보상을 함으로써 용서를 받고 새출발을 했지만, 일본은 전혀 반대였다. 전범 처리 문제에도 미온적이고, 민간인 학살 등 여러 나라에서 자행한 중대한 범죄에 대해 진심으로 사과하기는커녕 세상이 다 아는 일까지 부정함으로써 세상 사람들로부터 미움을 받고 있었다. 정말이지 누가 봐도 어이없고, 뻔뻔하기 짝이 없는 일이 아닐 수 없었다. 그리고 무엇보다 심각한 것은 과거의 범죄를 인정하지 않는다는 것은 또다시 같은 범죄를 저지를 수도 있다는 사실이었다.

일본의 태도가 이러하자 미 하원에서 '일본군 위안부 피해자 청문회'가 열렸고, 미 국무부는 3월 26일 일본에 범죄의 중대성을 인정하는 솔직하고 책임 있는 태도를 보이라고 촉구했다. 이어 오스트레일리아와 독일 정부도 일본에게 위안부 강제동원을 인정하고 사과하라고 촉구했고, 유럽연합도 이에 가세했다.

광고는 타이밍이다. 경덕은 서두르기로 했다. 일본의 아베 총리가 4월 말 미국 땅을 밟아 하원을 설득하거나 여러 방면으로 물밑 작업을 하기 전에 일본군 위안부 광고를 실음으로써 위안부 결의안이 채택되도록 해야만 했다.

경덕은 다시 선후배들과 함께 의논해서 광고 시안을 만든 다음, 뉴욕에 거주하는 한인들은 물론 현지인들과 외국인을 상대로 테스팅을 한 뒤 최종 광고 시안을 들고 〈워싱턴포스트〉를 찾아갔다. 광고 담당자는 씩 웃으며 말했다.

"심의를 거쳐야 하니까 적어도 일주일은 기다려야 할 겁니다."

광고 담당자의 사람 좋은 웃음은 '심의는 통과될 테니 걱정 말라'는 뜻이었다. 경덕은 걱정 같은 건 하지 않았다. 다만 빨리 결정나기만을 바랄 뿐이었다. 당연히 심의는 통과되었다. 그것도 단 하루 만에!

경덕은 환호성을 질렀다. 이는 세계적인 권위지 〈워싱턴포스트〉

가 독도에 이어 위안부 문제에도 매우 우호적이라는 의미였기 때문이다. 하원이 위안부 결의안을 채택하는 건 이제 시간문제로 보였다. 지난번처럼 일본 총리의 로비로 인해 위안부 결의안 채택이 유보되는 일은 더 이상 없을 것 같았다.

그리고 마침내 2007년 4월 17일자 〈워싱턴포스트〉에 다음과 같은 일본군 위안부 광고가 실렸다.

〈워싱턴포스트〉에 실린 일본군 위안부 광고

일본 정부는 일본군 위안부 강제동원 사실을 인정하고 세계인들 앞에서 진심으로 사과해야만 한다.

　광고비는 경덕의 쌈짓돈과 한국의 회사원과 의사, 교사 등 네티즌 28명이 낸 자발적인 성금으로 충당했다. 광고가 실리자 독도 광고 때처럼 재외동포와 외국인들, 인권단체 등으로부터 또다시 열렬한 호응이 이어졌다. 하지만 위안부 결의안을 통과시키려면 계속 밀어붙여야 했다.

　경덕은 언젠가 보았던 위안부로 끌려간 소녀들의 사진을 잊을 수가 없었다. 열악하기 그지없는 강제 수용소에서 무표정한 얼굴로 흰 저고리에 검은 치마를 입은 조선 소녀들. 일본군들에게 하루에 열두 번도 넘게 성폭행을 당하며 죽지 못해 살아야만 했던 앳된 소녀들. 임신한 배를 안고 서있는 초점 없는 눈빛의 소녀들. 임신한 몸까지도 끊임없이 유린하고, 임신한 소녀의 배를 칼로 찌르고, 도망치다 잡힌 소녀를 동료들 보는 데서 총살하고, 20만 명이 넘는 소녀들에게 차마 인간으로서는 할 수 없는 만행을 저지른 일본인들. 경덕은 일본인들의 천인공노할 만행을 전 세계인들에게 알리고, 일본으로 하여금 진심으로 사과하게 만들어야 했다. 그 생지옥에서 가까스로 살아남아 여생을 고통 속에서 살고 있는 위안부 할머니들을 위해 기필코 위안부 결의안이 채택되도록 만들어야 했다.

강제로 끌려간 위안부 소녀들

경덕은 세계인들이 볼 수 있게 글로벌 포털사이트와 세계 각국의 대표 포털사이트에 〈워싱턴포스트〉에 실린 위안부 광고와 위안부 관련 자료들을 올렸다. 더불어 당시 미국 대통령이던 부시 부처와 라이스 국무장관, 민주당 대선 후보 오바마와 힐러리, 낸시 펠로시 미국 하원의장과 위안부 결의안 채택에 큰 공을 한 일본계 미국인 마이크 혼다 하원의원 등 하원의원 전원, 상원의원 전원 등 7백여 명, 그리고 〈뉴욕타임스〉〈워싱턴포스트〉〈월스트리트저널〉〈뉴스위크〉〈타임〉 등의 사장과 편집장, 각 부서장들에게도 같은 자료를 발송했다. 우편물이 무려 1천 1백 통, 자료 발송비만 해도 1천만 원이 넘었다.

우편물을 보내는 데 돈이 너무 많이 들어 유엔 각 부서장들과 각 나라 유엔대사들, 미국 내 각 연구소 대표들, 동아시아 문제와 역사를 연구하는 대학교수들, 아시아관련센터 연구위원들에게는 이메일로 자료를 전송했다. 수신자의 이메일 주소를 알아내기 위해 후배 스무 명이 이 주일 동안 웹사이트를 뒤져야 했다.

경덕은 우편물과 전송 자료에 진정성이 담긴 장문의 편지를 동봉했다. 5월 말에 위안부 결의안이 채택되도록 모두 최선을 다해달라, 미국은 민주주의가 가장 발달한 나라이며 인권이 가장 발달한 국가다, 위안부 할머니들의 인권 회복을 위해 노력함으로써 민주주의의 진정한 가치를 실현하고 확인하는 선례를 만들어달라는 내용이었다.

날짜가 다가오자 애가 탄 일본계 민주당 의원인 하와이 상원의원과 가토 료조 주미 일본 대사가 필사적으로 결의안 통과 저지 공작을 펼쳤다. 그러면서 이미 사과와 보상이 다 끝난 일이라는 성명서를 상원에 보내고, 다도 설명회를 열고 하원 외교위원장 부부를 초대해 로비를 벌였다.

이에 화가 난 워싱턴 거주 한인들은 4월 16일, 〈워싱턴포스트〉에 일본군 위안부 전면 광고를 냈고, 뉴욕의 한인들은 〈뉴욕타임스〉에 전면 광고를 냄으로써 한국인의 저력을 보여주었다. 잘못된 과거, 잘못된 역사, 위안부 결의안 채택이 없던 일이 되어서는 결코 안 되기 때문이었다.

그러자 일본은 5월 14일, 〈워싱턴포스트〉에 '진실'이라는 제목의 반박 광고를 실었다. 국회의원 45명과 교수, 언론인, 정치 평론가 등 14명이 "일본군 위안부 동원에 일본 정부나 군대가 개입하지 않았다."며 전 세계를 향해 뻔뻔스럽게 거짓말을 한 것이다.

경덕은 경악했다. 제정신이라면 그럴 수가 없었다. 결국 결의안 채택은 다시 한 번 미뤄지고 말았다.

경덕은 즉각 아베 총리와 일본 국회의원 전부, 정부 각 기관, 언론사, 대학들에 위안부 강제동원이 사실임을 증명하는 사진 자료와 영문 자료를 보내고, 미 하원의원 전원에게도 다시 한 번 서한을 보내는 한편, 150개 나라 홈페이지에 들어가 위안부 강제동원 사실을 알렸다. 일본의 반박 광고가 있은 지 한 달 후인 6월 15일, 미 하원 외교위원회는 39:2로 상정안을 통과시켰고, 7월 30일 마침내 결의안이 채택되었다.

경덕은 감정이 북받쳤다.

'될 것 같다가 안 되고, 미뤄지고, 또 미뤄지기를 얼마나 했던가. 일본 우익들로부터 얼마나 많은 협박을 받았던가.'

재미 한인 사회단체가 일본의 대대적인 로비 공세에 맞서 미국 정치권을 상대로 적극적인 로비 활동을 벌인 끝에 맺은 값진 결실이었다. 비록 법적인 구속력은 없지만 일본군 위안부 문제를 20세기에 벌어진 최대 인신매매로 규정하고, 일본에게 '과거의 잘못을 인정하고, 피해자들에게 사과와 함께 배상을 하라'는 강력한 메시지를 보냈기 때문이다.

경덕은 눈시울이 붉어지고 입술이 파르르 떨렸다. 이런 결과를 내기까지 애써준 사람들이 떠올랐다. 전화와 메일로 격려를 보내준 많은 사람들, 필요한 데 쓰라고 5천 달러를 보내준 재미교포 사업가, 4백만 원을 모금해 보내준 우리나라 네티즌들, 광고를 전 세계 신문에 퍼뜨려준 해외 동포들과 유학생들, 독도 광고 티셔츠를 맞춰 입은 학생들, 세탁물 포장지나 택배 상자에 독도 광고를 인쇄해 널리 퍼뜨려준 수많은 동포 사업가들, 힘들다는 소리 한 번 안 하고 늘 함께해준 생존경쟁 회원들, 그리고 광고를 무료로 제작해준 광고업계 선후배들…….

'낯선 나라, 낯선 도시의 자취방에 처박혀 혼자 싸우는 것 같아 얼마나 외로웠던가. 코피가 터지고, 눈의 실핏줄이 터지고, 발이 부르트고, 책상에 엎드려 잠들기를 얼마나 했던가, 그러나 이 얼마나 감사한 일인가. 뜻이 있는 곳에는 길이 있다더니, 나에게는 그 길이 바로 사람들이었구나.'

경덕은 다시 한 번 감사한 마음이 들었다. 그리고 겸허해졌다. 이제는 전혀 외롭지 않았다. 후배들과 가족들을 뛰어넘어 대한민국 국민 전부가 든든한 배경이요, 후원자였기 때문이다.

경덕은 대한민국 국민을 든든한 배경으로 불철주야 광고에 매달렸다. 그리고 7월 9일에 또 한 번 〈뉴욕타임스〉에 독도 전면 광고를 실었다. 'DO YOU KNOW?'라는 커다란 헤드카피로 시작하는 멋진 광고였다. 그 아래에는 다음과 같은 문구를 넣었다.

일본과 한국 사이에 있는 바다는 지난 2천 년 동안 동해로 불렸다.

동해에 있는 섬 두 개는 독도로 불린다.

일본 정부는 이 사실을 인정해야만 한다. (후략)

이번 광고에는 후원자가 따로 있었다. 바로 가수 김장훈이었다. 김장훈은 광고비 전액을 지원했다. 그러면서도 칭찬 받을 사람은 자신이 아니라 경덕이라며 겸손해했다. 네티즌들은 기부천사 김장훈에게 또다시 감동했다. 네티즌들은 김장훈에게도 든든한 후원자요, 동반자였던 것이다.

얼마 후부터 경덕과 우리나라 네티즌들에게는 싸울 나라가 한 나라 더 생겼다. 바로 중국이었다. 우리나라 고대사를 중국의 역사로 슬쩍 바꿔놓기 시작한 것이다. 다시 말해 중국과 일본 두 나라가 우리나라를 슬금슬금 침략해오고 있었던 것이다.

'아, 사태가 이 지경인데, 우리 정부는 대체 뭘 하고 있단 말인가!'

경덕은 가슴을 치며 다짐했다.

'정부가 나서지 않는다면 우리라도 나서야 한다!'

DO YOU KNOW?

For the last 2,000 years,
the body of water between Korea and Japan
has been called the "East Sea".

Dokdo (two islands) located in the East Sea
is a part of Korean territory.
The Japanese government must acknowledge this fact.

Please visit www.ForTheNextGeneration.com
for historical background and more information
on the East Sea and Dokdo.

Moreover, Korea and Japan must pass down
accurate facts of history to the next generation
and cooperate with each other to realize peace and prosperity
in Northeast Asia from now on.

www.ForTheNextGeneration.com

〈뉴욕타임스〉에 실린 독도 광고 DO You know?

경덕은 주변 지인들과 함께 스스로 알아서 해나가기로 마음먹었다. 게다가 이제는 대한민국 국민과 해외 동포들이 있지 않은가.

당연한 일이지만 경덕의 생각대로 김장훈과 우리나라 네티즌들의 마음은 다 똑같았다. 2008년 2월 11일, 경덕과 우리나라 네티즌들은 〈뉴욕타임스〉에 또 한 번 멋진 광고를 실음으로써 모두 한마음임을 증명해 보였다. 이번 광고는 중국의 동북아 공정에 대응한 광고인 '고구려'였다.

경덕은 영문으로 된 이 광고에 412년 당시 고구려가 만주를 차지하고 있는 한반도 주변 지도를 실었다. 그리고 다음과 같은 문구

〈뉴욕타임스〉에 실린 고구려 광고와 고구려·발해 광고 동영상

를 넣었다.

고구려는 의심의 여지가 없는 대한민국 역사의 일부분이다.
중국 정부는 이 사실을 인정해야 한다.

중국이 우리나라의 고대 역사를 자신들의 역사로 바꾸지 못하도록 쐐기를 박은 것이다.

경덕은 네티즌들에게 또 감동했다. 그 감동은 선하고 정의로운 뜻을 세우고, 그 뜻을 함께하는 사람에게서 오는 것임을 깨달았다.

만나야 할 사람은 꼭 만나게 되어 있다고, 경덕이 김장훈을 만난 것도 필연이었다. 김장훈과 경덕이 만나게 된 것은 경덕이 기획하고 프로듀서로도 참여한 우리나라 최초의 독도 다큐멘터리 영화 '미안하다 독도야'의 내레이션을 김장훈에게 부탁하면서부터였다. 경덕이 조심스럽게 전화를 걸어 자기소개를 하자 김장훈은 반가운 목소리로 따뜻하게 맞아주었다.

"아, 서경덕 씨, 반가워요! 무척 만나고 싶었어요. 서경덕 씨한테 늘 미안한 마음이 있었는데, 잘됐습니다. 그 내레이션 제가 하겠습니다."

며칠 후, 김장훈은 꾸밈없고 친근한 목소리로 '미안하다 독도야'

김장훈과 함께한 다큐멘터리 영화 '미안하다 독도야'

에 숨을 불어넣어 주었다. 물론 기부천사답게 무료로 해주었다.

'미안하다 독도야'는 독도에 홀로 살고 있는 김성도 할아버지 부부와 손자, 사이버 민간외교단체 반크, 태극무늬와 건곤감리를 손도장으로 찍어 만든 대형 태극기를 동해바다에 띄우는 경덕과 생존경쟁 회원들, 해외에 독도를 알리려고 영어학원에 다니는 80대 할아버지, 펜팔로 세계 여러 나라 사람들에게 독도를 알리는 초등학생 등 독도를 사랑하는 사람들의 이야기를 담은 영화로, 2008년 12월 23일 성황리에 개봉되었다.

경덕보다 두 살이 많은 김장훈은 이 일을 계기로 의기투합해 앞으로 많은 일을 함께하기로 하고, 의형제까지 맺었다. 김장훈은 늘

의형제를 맺은 서경덕과 김장훈

"아무 걱정 하지 말고 밀어붙여라. 돈은 이 형이 다 책임질게."라고
했다.

세상에 이런 사람이 또 있을까 싶었다.

경덕은 김장훈을 볼 때마다 존경스러웠고 깊은 감동을 받았다.
본인은 부담스럽다지만 사람들은 결코 포기하려 들지 않는 별명,
'기부천사' 김장훈. 꾸밈없는 목소리로 노래하는 사람. 청소년들을
위해서라면 무엇이든 다 하는 사람. 그렇게 기부하고도 아직 기부
할 곳이 많다며 정신없이 밤무대를 뛰는 사람. 공황장애로 몇 날
며칠을 죽을 것만 같은 공포에 잠 못 이루면서도 어려운 이웃과 나
라를 위해 뛰는 사람. 그는 이제 가족이 되어 늘 경덕의 뒤를 받쳐

주고 있었다. 경덕에게는 그야말로 천군만마나 다름없었다.

그런 둘에게 네티즌이야말로 든든한 배경이었다. 경덕이 2008년 8월 25일자 〈워싱턴포스트〉 전면에 또 한 번 독도 광고를 실을 수 있었던 것도 바로 10만 네티즌의 힘이었다. 네티즌들이 자발적으로 모금한 성금으로 실은 첫 번째 국민 광고였다.

이 국민 광고의 헤드카피는 'STOP DISTORTING HISTORY'였다.

> 누군가 우리의 땅을 뺏으려 한다.
> 누군가 역사를 왜곡하고 있다.
> (중략)
> 누군가 거짓말을 하고 있다.
> 누군가 분쟁을 만들고 있다.
> 누군가 이 섬을 원하고 있다.
>
> '누군가'가 일본일까?
> 아니길 희망한다.

이 광고 역시 해외동포들이 경덕에게 원본파일을 가져가 각자 해외신문에 똑같은 광고를 실어 전 세계로 퍼져 나갔다.

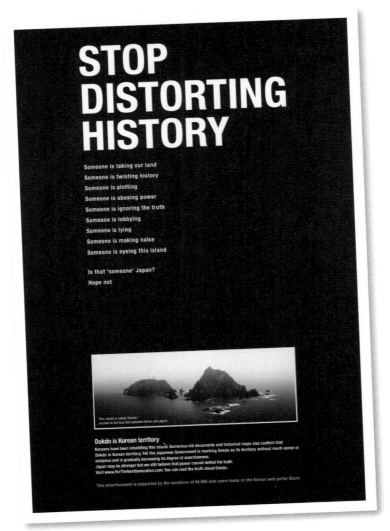

STOP
DISTORTING
HISTORY

Someone is taking our land
Someone is twisting history
Someone is plotting
Someone is abusing power
Someone is ignoring the truth
Someone is lobbying
Someone is lying
Someone is making noise
Someone is eyeing this island

Is that 'someone' Japan?
Hope not

This island is called 'Dokdo,'
located in the East Sea between Korea and Japan

Dokdo is Korean territory
Koreans have been inhabiting this island. Numerous old documents and historical maps also confirm that Dokdo is Korean territory. Yet the Japanese Government is marking Dokdo as its territory without much sense or evidence and is gradually increasing its degree of assertiveness.
Japan may be stronger but we still believe that power cannot defeat the truth.
Visit www.ForTheNextGeneration.com. You can read the truth about Dokdo.

This advertisement is supported by the donations of 94,966 web users made on the Korean web portal Daum.

〈워싱턴포스트〉에 실린 STOP DISTORTING HISTORY

이번에도 일본은 가만두지 않겠다고 경덕을 협박했다. 하지만 경덕은 이미 또 다른 광고를 기획하고 있었다.

이번 광고는 아주 강력한 광고였다. 2009년 8월 12일, 광복절을 사흘 앞두고 〈워싱턴포스트〉에 'Error in WP'라는 강력한 헤드카피와 함께 동해 및 독도 광고를 실었다. 이 광고는 〈워싱턴포스트〉의 기사를 인용해 우리나라와 일본 사이에 있는 바다를 일본해로 표기한 〈워싱턴포스트〉의 실수를 작지만 중대한 오류라고 지적하며 일본해(Sea of Japan)가 아니라 동해(East Sea)로 표기해야 옳다고 지적했다. 세계 최고의 언론사에 돌직구를 날린 이번 광고는 전 세계인들이 전율을 느낄만큼 아주 강력하고 멋진 광고였다. 세계 유력 일간지에 그런 광고를 실은 것 자체가 전 세계 신문 역사상 최초일 터였다.

"수고했다!"

"수고하셨습니다!"

그날 오전, 경덕과 김장훈은 광고를 보면서 힘차게 하이파이브를 날렸다. 경덕과 김장훈은 생각과 실천력 면에서 쌍둥이와도 같았다. 수시로 만나고, 적게는 하루에 대여섯 번, 많게는 스무 번도 넘게 통화하면서 따로 또 함께 독도 광고와 위안부 관련 광고를 계속해 일본을 압박해 나갔다.

일본을 압박해 나가는 데 한인 사회도 한몫했다. '강제동원된 일

RUSSIA

Error in WP

CHINA

In N. Korea, Missiles Herald A Defiant 4th
Seven Are Launched on U.S. Holiday

Sunday, July 5, 2009

TOKYO, July 4 — Taunting the United States on its birthday, North Korea fired seven missiles into the Sea of Japan early Saturday in a provocative move that some experts said might have been intended to discourage deployment of new missile defenses against the communist state.

The Independence Day launch was the North's biggest one-day barrage of test missiles in three years. It drew strong criticism from countries in the region, as well as renewed resolve from the Obama administration to punish Pyongyang for its continued defiance of U.N. resolutions.

The seven rockets splashed harmlessly into the sea, and U.S. analysts said all appeared to be short-range ballistic missiles capable of striking targets less than 350 miles away. Some independent experts said the firing of multiple missiles may have been intended as a warning to adversaries that North Korea would seek to overwhelm their missile shields.

"The chief challenge with missile defense is coping with large numbers of missiles, and the firing of seven has a saturation quality to it," said Dennis M. Gormley, a former member of numerous military and intelligence advisory boards and a senior fellow at the Monterey Institute's James Martin Centre for Nonproliferation Studies in Washington. "It at least raises the specter of these kinds of attacks."

East Sea

Pyongyang made no comment Saturday, but its missile launch had been expected this weekend because North Korea had warned ships to avoid waters near its east coast through July 10.

In Washington, the Obama administration reacted with dismay to the latest in a series of North Korean provocations that included an underground nuclear test on Memorial Day.

source : www.WashingtonPost.com

SOUTH KOREA   Dokdo   **JAPAN**

To Washington Post journalists:

Last month we came across a small but significant error in the July 5 edition of the Washington Post. We would like to inform you that the sea between Korea and Japan is called "East Sea," not "Sea of Japan," as it is labeled in one of your articles on Asia.

This body of water has been referred to as the "East Sea" by many nations over the past 2,000 years. The island Dokdo, which lies in the East Sea, has also been recognized as Genuine Korean territory. This is the truth and an indisputable fact throughout history.

There is no "Sea of Japan" in the world.
It only exists in the thinking of the Japanese government in its attempts to distort history.

We make this simple truth known to the Washington Post,
one of the most prestigious newspapers in the world,
and to the journalists there, who work hard every day to shed light on the truth.

Thank you.

Yellow Sea

WWW.ForTheNextGeneration.com

Pacific Ocean

〈워싱턴포스트〉에 실린 Error in WP

뉴욕 아이젠하워파크 내에 세워진 두 번째 일본군 위안부 추모비

본군 위안부 결의안'이 통과되는 데 결정적인 역할을 한 한인 사회
단체인 시민참여센터는 2010년 10월 23일, 외국에서는 처음으로
뉴저지의 한인 밀집 지역인 팰리세이즈파크에 강제동원된 일본군
위안부 추모비를 세웠다. 이것은 한인 사회의 힘이 그만큼 커졌다
는 증거요, 한국의 위상이 그만큼 높아졌다는 뜻이기도 했다.

이를 계기로 경덕과 김장훈은 더욱 마음을 다잡았다. 그야말로
이제 시작일 뿐, 일본이 야욕을 버리고 지난 시절의 과오를 진심으
로 뉘우치기까지 얼마나 오랜 시간이 걸릴 지 알 수 없었다. 경덕
과 김장훈은 죽는 날까지 해야 할 일이라는 걸 잘 알고 있었다. 어
쩌면 훗날 누군가가 두 사람의 바통을 이어 받아 평생을 바쳐야 할
지도 모르는 일이다.

10 소중한
인연들

경덕은 2011년 12월 29일 〈월스트리트저널〉 아시아판과 2012년 3월 28일 〈뉴욕타임스〉에 'DO YOU HEAR?'라는 헤드카피로, 위안부 할머니들이 수요 집회를 통해 일본 정부의 사과와 배상을 요구하는 모습이 담긴 사진과 함께 다음과 같은 문구를 넣은 전면 광고를 실었다.

이들의 외침이 들리시나요?
이들은 제2차 세계대전 당시 '일본군 위안부'로 살아야 했던 피해자들입니다.
이들은 1992년 1월부터 지금까지 서울에 있는 일본 대사관 앞에서 매주 수요일마다 모여 1천 회가 넘는 시위를 해왔습니다.

하지만 일본 정부는 지금까지 사죄나 배상을 전혀 하지 않았습니다.

일본 정부는 어서 빨리 이들에게 진심어린 사죄와 보상을 해야만 합니다.

그래야만 한국과 일본이 힘을 모아 동북아 평화와 번영을 위해 함께 나아갈 수 있을 것입니다.

(중략)

일본 정부의 현명한 판단을 기대합니다.

일본의 우익세력은 이 광고를 보고는 아주 은밀하면서도 적극적으로 로비를 벌이기 시작했다. 2012년 5월 초에는 팰리세이즈파크 시에 경제적인 지원을 해주겠으니 일본군 위안부 추모비를 철거해달라고 요구했다. 물론 이 더러운 제안은 일언지하에 거절당하는 수모를 겪는 것으로 끝났다.

경덕은 이를 좌시할 수가 없었다. 그대로 두었다간 정말 큰일 낼 사람들이었다. 정신 차릴

〈월스트리트저널〉〈뉴욕타임스〉에 실린
일본군 위안부 광고 Do You Hear?

생각 같은 건 눈곱만큼도 하지 않는 사람들이었다. 여전히 제국주의의 부활을 꿈꾸다니, 믿기지가 않았다. 지금 세상이 어떤 세상이고 시대가 어떤 시대인데 이런 행동을 하는지 한심하다 못해 안쓰럽기까지 했다.

"정말 어처구니가 없다."

"그러게요, 형님. 정말 위험한 사람들이에요."

경덕과 김장훈은 전화 통화를 하면서 분통을 터뜨렸다. 그러고는 일본이 우리나라뿐만 아니라, 세계 평화를 위해서라도 진심으로 반성해야 한다는 데 다시 한 번 공감하고, 즉시 행동에 옮겼다.

경덕과 김장훈은 5월 30일, 〈뉴욕타임스〉 A섹션 15면 전면에 감동적인 광고를 실었다. 경덕이 아이디어를 내고, 김장훈이 자신의 노후복지연금을 중도 인출, 광고비 전액을 후원해 이루어진 두 사람의 두 번째 합작 광고였다.

비 오는 날, 검은 코트를 입은 한 남자가 바닥에 무릎을 꿇은 채 묵념을 하고 있고, 많은 사람들이 그 남자를 에워싸고 있는 흑백 사진. 그 사진을 배경으로 'DO YOU REMEMBER?'라는 헤드카피가 인쇄돼 있었다.

기억하나요?

1971년 독일의 총리 빌리 브란트가 폴란드 바르샤바에 있는 전쟁희생

In 1971, German Chancellor Willy Brandt knelt down at the monument to the war victims in Warsaw, Poland to ask for forgiveness.

This action became a symbol of Germany's sincere appeal for reconciliation to the rest of the world, greatly contributing to world peace.

In contrast, the Japanese government has not adequately apologized and has not adequately compensated the comfort women who were forced to act as sex slaves for Japanese soldiers during World War II.

The Japanese government needs to learn from Germany's actions.

The Japanese government must not waste a single day in offering its heartfelt apologies to the comfort women. Only then will it be able to contribute to peace in Northeast Asia.

DO YOU REMEMBER?

www.ForTheNextGeneration.com

〈뉴욕타임스〉에 실린 Do You Remember?

156

자 기념비 앞에 무릎을 꿇고 사죄하는 장면입니다.

이것으로 독일은 세계에 진심으로 사죄를 하였고, 세계 평화에 크게 기여했습니다.

하지만 일본 정부는 아직까지 일본군 위안부에 관해 사죄와 보상을 안 하고 있습니다.

일본 정부는 독일을 본받아야 합니다.

일본 정부는 되도록 빨리 일본군 위안부에게 진심어린 사죄를 하고 동북아시아의 평화에 기여하기를 바랍니다.

전 세계인들의 심금을 울리는 이 사진의 주인공은 독일 수상 빌리 브란트로, 1970년 폴란드를 방문해 의전 행사의 하나로 바르샤바에 있는 유대인 게토 희생자 기념비를 찾아 비에 젖은 바닥에 무릎을 꿇고 앉아 묵념을 하는 사진이었다. 매우 도덕적인 사람이자 정치가인 빌리 브란트는 독일의 수상으로서 자신의 조국이 과거에 저지른 엄청난 범죄에 대해 진심으로 용서를 빈 것이다. 후에 빌리 브란트는 그때 일을 두고 이렇게 회고했다고 한다.

그때 왜 그랬느냐는 질문을 수없이 받아왔다. (중략) 나는 독일 역사의 나락에서, 그리고 수백만 희생자의 집 아래에서 언어로는 말할 수 없는 것을 몸으로 말했을 뿐이다.

정녕 말이 필요 없는 광경이었다. 진정한 사죄란 바로 그런 것이었다. 진심에서 우러난 빌리 브란트의 행동은 전 세계인의 심금을 울렸고, 심지어 가장 많은 유대인을 잃은 폴란드 국민들의 심금까지 울리기에 이르렀다. 진심은 감동을 뛰어넘어 작은 기적을 일으켰다. 무릎을 꿇은 채 묵념을 올리는 빌리 브란트 수상의 사진을 넣은 기념비가 세워지고, 빌리 브란트 광장이 조성되었다. 폴란드 정부가 과거의 독일을 진심으로 용서하고, 역사와 인간성에 대한 빌리 브란트의 진정성과 아름다운 용기를 기리기에 이른 것이다.

전 세계가 빌리 브란트의 용기와 도덕성과 유럽의 평화를 위한 행보에 찬사를 보냈다. 그 결과 미국의 시사주간지 〈타임〉은 1971년 1월 4일, 빌리 브란트를 올해의 인물로 선정했고, 노벨상위원회는 같은 해 10월 20일, 빌리 브란트에게 노벨 평화상을 수여했다.

김장훈과 경덕이 일본에게 바라는 것도 바로 이런 진심어린 사과요, 진정한 새출발이었다. 하지만 일본 정부는 요지부동인 채 반성할 기미조차 보이지 않았다.

두 사람은 여세를 몰아 일본을 압박하기로 했다. 이 광고를 같은 해 10월 4일부터 석 달 간 세계의 심장부라 할 수 있는 뉴욕 한복판 타임스스퀘어에 있는 가로 세로 15미터인 대형 광고판에 24시간 내걸었다. 그러자 뉴욕 주재 일본 총영사관은 타임스스퀘어 광고판 회사에 항의 전화와 항의 서한을 보냈으며, 일본의 극우 단체는 경

덕은 물론 경덕의 주위 사람들, 게다가 경덕이 몸담고 있는 대학총
장까지 협박했다. 그러더니 급기야 소책자를 발행해 미국의 신문에
광고를 하고, 미국 주류 사회에 편지를 보내는 등 점점 조직적으로
행동하기 시작했다. 소책자의 내용은 다음과 같았다.

지난해 10월 한국의 가수 김장훈과 서경덕 교수가 올린 광고는 잘못
된 것이다. 일본은 정부 차원에서 과거 역사에 대해 사과했고 민간단
체가 보상을 했는데도 한국인들은 이를 받아들이지 않고 이들 창녀
들을 조직적으로 납치했다.

"창녀들이라니!"
"한국인들이 조직적으로 납치했다고?"
경덕과 김장훈은 분노를 터뜨렸다. 과연 이들이 인간인가 싶었
다. 없는 사실까지 지어내는 뻔뻔함에 치가 떨렸다. 하지만 언제나
그랬듯이 차분히 이성적으로 대응해 나아가기로 했다.
경덕은 정신없이 뛰었다. 그러면서 뜻을 같이하는 사람들과 늘
함께했다. 유학생들, 우리나라 국민들, 가수, 배우, 운동선수, 피
디, 요리사, 디자이너, 사진작가, 광고인, 화가 등 각계의 유명 인
사들이 기꺼이 동참했다.
경덕은 김장훈과 함께 독도와 위안부 광고를 계속 진행하면서

전 세계에 일본의 만행을 알림으로써 역사를 바로잡으려고 노력하는 한편, 우리 고유문화를 알리기에도 앞장섰다. 그 일환으로 대학생들과 함께 독도까지 수영해 가는 이벤트를 벌였으며, 전 세계를 다니며 한글과 한식, 한복 등을 알리고, MBC 무한도전 팀과 함께 뉴욕 타임스스퀘어에 우리 대표 음식이자 웰빙 음식인 비빔밥 광고를 수차례 올렸다. 또한 배우 이영애와 송일국과의 막걸리와 비빔밥 광고는 전 세계 주요 옥외광고판에 올리기도 했다. 그야말로 '한식광고—월드투어'를 지금까지 벌이고 있는 중이다.

경덕은 유명 인사들과 함께 중국이 우리의 '아리랑'을 자신들의 무형문화유산으로 등재한 데에도 맞섰다. 유명 배우인 차인표와 안성기, 미국 메이저리그에 진출해 대한민국을 알린 야구선수 박찬호와 함께 세계인들이 가장 많이 모인다는 뉴욕 타임스스퀘어와 런던 피카딜리 서커스에 아리랑 영상광고를 줄기차게 올렸다.

경덕은 자신의 마당발을 최대한 활용했다. 각계 문화 인사들이 경덕의 기획에 적극적으로 동참했다. 경덕은 강익중 화백, 패션 디자이너 이상봉과 함께 파리 유네스코 본부, 유엔 사무총장 관저 등 세계인들이 많이 모이는 주요 건물에 한글 설치작품을 기증하여 한글의 아름다움을 전 세계에 널리 전파하는 한편, 전쟁으로 고통받는 나라의 어린이들과 함께 세계 평화를 기원하는 '세계분쟁지역 평화전파 프로젝트'를 진행하며 이라크, 레바논 등을 직접 다니면

BIBIMBAP?

In late century Korea, a kitchen cook became the first female royal physician. The true story of Dae Jang Geum was broadcast in over 60 countries and helped to introduce Korean food to audiences around the world. We invite you to explore the delicious flavors of our cuisine.

Seasonal greens give it subtlety. Spicy red pepper paste gives it heat. A golden egg, tender meats, briny bivalves and toasted rice, mix it up. Find your own balance of flavors that mastered the art of Bibimbap.

www.ForTheNextGeneration.com

KIMCHI?
The First Lady's a fan

FLOTUS @FLOTUS 6 Feb
Last week, we picked Napa cabbage in the garden. Now, we're using it to make kimchi in the kitchen. Make it at home.

The official FLOTUS twitter feed recently revealed a White House recipe for kimchi. The First Lady has been helping America make healthy and delicious choices for years. So it's no wonder she recognized the powers of kimchi. Korea's favorite dish is packed with micronutrients and vitamins, but it's the taste people fall in love with.

www.ForTheNextGeneration.com

MAKGEOLLI?

Makgeolli is Korea's favorite rice brew. Pair it with kimchi to really bring out the flavors. It's a healthy way to drink. Head to the nearest Koreatown and enjoy!

www.FoodofKorea.com

In 2012, Korean women forced to work as sex slaves during Japanese soldiers during WWII are still waiting for a heartfelt apology from Japan.

전 세계에 걸린 우리나라 광고들

서 평화 메시지를 널리 전파했다.

　전 세계에서 가장 아름다운 여인 100인에 선정된 바 있는 배우 송혜교와도 여러 가지 일을 함께했다. 김장훈에 이어 두 번째 기부 천사가 되어준 송혜교는 중국에 있는 상해 및 중경 임시정부청사, 상해 윤봉길 기념관, 하얼빈 안중근 기념관 등 대한민국 역사 유적지에 한글 안내서를 비치하고, 점자로 된 책자를 만드는 일에 기꺼이 동참해 금전적인 지원을 아끼지 않았다. 몸과 마음이 아름다운, 아주 훌륭한 여배우였다.

　경덕은 한국을 알리는 것을 넘어 세계 평화를 위해 여러 분야의 사람들을 만나 영향력 있는 행사를 기획하기 위해 백방으로 뛰어

세계분쟁지역 평화전파 프로젝트 진행

다녔다. 몸이 열 개, 백 개라도 모자랄 지경이었다. 오죽하면 '서길동'이란 별명이 붙었겠는가. 그렇게 뛰어다니는 동안 홍보전문가, 대학교수 등 경덕에게 주어진 직함만 해도 열두 개가 넘었다.

또한 경덕은 자신의 뜻을 충분히 알아주고, 일 년에 절반 이상 해외에 나가 있어도 이해해주는 여인과 결혼도 했다. 인생의 반려자가 생기자 경덕은 더욱더 자심감이 붙었다. 뜻을 같이해주는 사람들이 무한대요, 사랑하는 아내까지 자신을 믿어주니 그야말로 무서울 게 없었다.

감동적인 일은 거기서 그치지 않았다. 2013년 3월 1일 경덕이 독도학교 초대 교장이 된 것이다. 국가보훈처가 2012년 10월, 독립기념관에 독도 학교를 개교하기로 하고, 독립기념관 명예 홍보대사인 경덕을 초대 교장으로 위촉한 것이다. 독도 학교는 연간 약 3천 명을 대상으로 초등학교 단체 교육, 가족과 함께하는 가족캠프, 전시관 교육, 독도 답사 교육 등 네 가지 프로그램을 운영하는 학교다. 자신이 초대 교장으로 발탁되었다는 소식을 들었을 때 무척 영광스러웠지만 자신보다 더 적합한 인물이 많다는 생각에 미안하기도 했다. 당연히 김장훈도 그중 한 사람이었다. 김장훈이야말로 가장 훌륭한 교장선생님일 터였고, 그럴 만한 자격이 충분했다. 경덕은 김장훈에게 전화를 걸어 조심스레 이 사실을 알렸다.

"독도 학교 교장선생님은 형님이 하셔야 하는데, 죄송해서 어쩌

지요? 저도 그렇지만 네티즌들이 무척 서운해할 겁니다."

하지만 김장훈은 역시 김장훈이었다.

"하하하! 난 열심히 노래해서 돈 벌어다 줄 테니까 잘 쓸 생각이
나 해. 독도를 위해서! 아니, 우리나라를 위해서! 그리고 그 자리
가 대학교수보다 아니, 대학총장보다 더 책임이 막중한 자리인
거 알지? 잘할 거라고 믿는다!"

"네, 형님! 잘하겠습니다!"

경덕은 김장훈의 대인배다운 면모에 다시 한 번 깊이 감동했다.

그리고 두 사람은 독도를 위해 정신없이 뛰어다녔던 지난 날들을

독립기념관 독도 학교 초대 교장으로 위촉된 경덕

추억하며, 앞으로도 변함없이 함께할 것을 다짐한 후 다시 각자의
길에서 바삐 뛰기 시작했다.

경덕이 대한민국 홍보와 독도 문제, 일본군 위안부 문제에 집중
하는 사이, 어느새 한 해가 저물고 새해가 밝았다. 여느때와 다름
없이 경덕은 이런저런 회의를 하는 날이 많았다. 그러다 보니 아내
와 함께하는 시간도 적었고, 아버지, 어머니도 자주 찾아뵙지도 못
했다. 가족에게 소홀하다는 것을 알았지만, 누구보다도 자신을 응
원하고 격려해준다는 사실 때문에 미안한 마음과 죄스러운 마음을
가슴 한쪽에 묻어 두고 있었다.

그날도 여전히 경덕은 회의 중이었다. 전화를 받은 경덕의 얼굴
이 하얗게 질렸다. 심장이 금방이라도 멈춰버릴 것만 같았다.

'조금만 기다려주세요, 아버지. 조금만 기다려주세요, 아버
지…….'

경덕은 택시 안에서 빌고 또 빌었다. 뜨거운 눈물이 쏟아지면서
그동안 모른 체하며 가슴 한 구석에 묻어두었던 죄책감이 물밀듯
이 밀려왔다. 병원까지 가는 길이 천 리, 만 리는 되는 것 같았다.
택시가 병원 현관 앞에 서기가 무섭게 경덕은 택시에서 내려 달리
기 시작했다.

"아버지, 저 왔어요. 경덕이 왔어요. 조금만 기다려주세요."

경덕은 소리 내어 간청하기 시작했다. 마법이라도 부릴 수 있다면 아버지의 임종을 조금이라도 늦추고 싶었다. 하지만 경덕이 중환자실 문을 밀치고 들어섰을 때는 이미 늦어 있었다.

"아버지!"

경덕은 한달음에 달려가 아버지의 손을 붙잡은 채 가슴에 얼굴을 묻었다. 울음이 터져나왔다. 아들된 도리로 아버지의 임종도 지키지 못하다니, 세상에 이런 불효자가 또 있을까 싶었다.

늘 말없이 뒤에서 응원해주고, 자상한 눈빛으로 격려해주고, 언제까지나 곁에 있어줄 것만 같았던 아버지. 경덕이 독도 학교 초대 교장이 되었다는 말에 기쁨을 감추지 못하면서 경덕이 대학교수가 되었을 때보다 더 자랑스러워했다. 평소 말이 없던 분이 그 날만은 말을 아끼지 않았다.

경덕은 알고 있었다. 아버지가 그리도 기뻐한 것이 오래전 당신이 접었던 날개가 당신 아들의 어깨에 더 큰 날개로 돋아나 있음을 보았기 때문임을.

'존경합니다, 아버지. 저도 아버지처럼 좋은 아버지가 되겠습니다. 아버지, 고맙습니다. 그리고 사랑합니다.'

경덕은 아버지를 끌어안고 작별인사를 했다.

아버지의 삼우제를 마치고 나서 경덕은 다시 일에 집중했다. 문득문득 아버지에 대한 그리움과 아버지를 잃은 슬픔이 걸음을 멈

추게 했지만 그럴 때마다 아버지의 소리 없는 응원과 격려를 느끼며 다시 걸음을 옮겼다.

갈 길이 멀었다. 새로운 교과서에 독도를 일본 땅으로 기록하여 어린이들에게 잘못된 역사를 가르치고, 미약하게나마 위안부 강제 동원 사실을 인정한 교과서들을 그 전의 교과서 내용대로 되돌려 놓으려는 일본 정부와 일본 우익 단체들을 계속 압박해야만 했다.

옳은 일을 하며 사는 것, 우리나라의 문화와 역사를 전 세계에 꾸준히 홍보하는 것, 일본과 중국이 더 이상 역사를 왜곡하지 못하도록 하는 것, 그리하여 우리나라의 힘을 키우고, 동북아의 평화는 물론 전 세계에 평화가 깃들게 하는 것, 그것이 경덕이 해야 할 일, 어린 시절 이순신 장군을 존경하던 경덕이 걸어가야 할 길이었다. 분명 그 길은 결코 외로운 길이 아닐 터였다. 함께 걸어갈 아름다운 사람들과 국민들이 있기 때문이다.

서경덕 교수의 대한민국 홍보 이야기

강익중 화백과 함께
상해 임시정부 청사에 한글 작품 기증

강익중 화백과 함께 타슈겐트에 한글 작품
'훈민정음과 달항아리' 기증

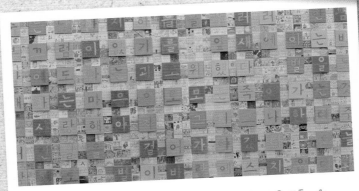

강익중 화백과 함께 교토 조형예술대학 윤동주 시비 옆에 한글 작품 기증

THE CULTURE OF KOREA

안녕하세요
Hello

소녀시대 Girls' Generation

한글 Hangeul

ㄱ ㄴ ㄷ ㄹ
ㅁ ㅂ ㅅ ㅇ
ㅈ ㅊ ㅋ ㅌ
ㅍ ㅎ
ㅏ ㅑ ㅓ ㅕ
ㅗ ㅛ ㅜ ㅠ
ㅡ ㅣ

소녀시대와 함께한
대한민국 문화 홍보 안내서

Basic Korean ①

안녕하세요
[annyeong - haseyo]
meaning: hello

www.ForTheNextGeneration.com

Hangeul, the Korean alphabet is one of the most scientific, consistent and efficient writing systems in the world, and one that is surprisingly easy to learn.

Basic Korean ②

고맙습니다
[gomapseumnida]
meaning: thank you

www.ForTheNextGeneration.com

Hangeul, the Korean alphabet is one of the most scientific, consistent and efficient writing systems in the world, and one that is surprisingly easy to learn.

Basic Korean ③

독도

English: Dokdo [dokdo]

Meaning: Dokdo is an island which Korean people like most. Please visit Dokdo with breathtaking scenery.

www.ForTheNextGeneration.com

Hangeul, the Korean alphabet is one of the most scientific, consistent and efficient writing systems in the world, and one that is surprisingly easy to learn.

Basic Korean ④

동해

English: Donghae [donghae]

Meaning: Donghae is the name of the ocean between Korea and Japan. It has been called the "East Sea".

www.ForTheNextGeneration.com

Hangeul, the Korean alphabet is one of the most scientific, consistent and efficient writing systems in the world, and one that is surprisingly easy to learn.

〈월스트리트저널〉 1면에 실린 한글 광고

송혜교와 함께 하얼빈 안중근 의사 기념관에 한글 안내서 제공

서경덕의 두 번째 기부천사 송혜교와 함께

송혜교와 함께 헤이그 이준 열사 기념관에
부조작품 기증

송혜교와 함께 중경 대한민국 임시정부 청사에
한글 안내서 제공

송혜교와 함께 상하이 윤봉길 기념관에
한글 안내서 제공

BIBIMBAP?

In 18th century Korea, a kitchen cook became the first female royal physician. The true story of Dae Jang Geum was broadcast in over 60 countries and helped to introduce Korean food to audiences around the world. We invite you to explore the delicious flavors of our cuisine.

Actress Lee Young-ae, star of 'Dae Jang Geum'

Seasonal greens give it subtlety. Spicy red pepper paste gives it heat. A golden egg, tender meats, briny bivalves and toasted nori, mix it up. Find your own balance of flavors and you've mastered the art of Bibimbap.

www.ForTheNextGeneration.com

배우 이영애의 비빔밥 광고

MAKGEOLLI?

Makgeolli is Korea's favorite rice brew. Pair it with kimchi to really bring out the flavors. It's a healthy way to drink. Head to the nearest Koreatown and enjoy!

www.FoodofKorea.com

배우 송일국의 막걸리 광고

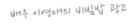

배우 김윤진의 김치 광고

KIMCHI?

When Michelle Obama tweeted her recipe for kimchi, the spicy fermented cabbage gained a huge new following. As kimchi is poised to join UNESCO's list of Intangible Cultural Heritage, we are excited to share our culinary tradition with more people around the world. Add a healthy kick to your meals with kimchi this weekend.

www.ForTheNextGeneration.com

배우 김윤진의 김치 광고

한눈에 보는 서경덕 교수의 대한민국 역사 · 문화 광고

축구선수 김병지와 함께 여수엑스포 붐 조성

배우 최수종과 함께 뉴욕에 있는
자연사박물관에 한글 안내서 발간

MBC 무한도전 김태호 PD와 함께
타임스스퀘어에 비빔밥 광고 제작

배우 송일국과 함께 한국사 수능 필수과목
서명 운동 진행

MBC 무한도전 멤버들과 함께 타임스스퀘어에 비빔밥 광고 제작

코미디언 서경석과 함께 해외 한글공부방
지원 및 상하이 독립유적지 안내서 발간

디자이너 이상봉과 함께 성웅 이순신 프로젝트 진행

아나운서 조수빈과 함께 독도의 날 기념
'독도-역사편' 영어 동영상 제작

야구선수 추신수와 함께
한국 홍보 프로젝트 진행

가수 션과 함께 '만원의 기적 콘서트' 진행

청바지를 입은 우리 시대의 장군

태극기를
휘날리다

2014년 2월 15일 1판 1쇄 인쇄
2014년 2월 20일 1판 1쇄 발행

글쓴이 | 강이경
발행인 | 김경석
펴낸곳 | 아이앤북
편집자 | 우안숙 정애영
디자인 | 김정선
마케팅 | 정윤화 이나현
주　소 | 서울시 성동구 용답동 233-5
연락처 | 02-2248-1555
팩　스 | 02-2243-3433
등　록 | 제4-449호
사진제공 | 서경덕

ISBN 978-89-97430-79-6 44810

이 책에 실린 모든 내용, 디자인, 이미지, 편집 구성의 저작권은 아이앤북과 지은이에게 있습니다.
WWW.IANDBOOK.CO.KR 아이앤북은 '나와 책' '아이와 책' 이라는 뜻을 가지고 있습니다.

이 도서의 국립중앙도서관 출판시도서목록(CIP)은 e-CIP 홈페이지 (http://www.nl.go.kr/ecip)
에서 이용하실 수 있습니다. (CIP 제어번호 : CIP2014004419)